トゥセット通り
ムンタネール通り
タラゴナ自動車道
ウニベルシタット広場
ベルガラ通り
ランブラス大通り
リセオ劇場
カタルーニャ美術館
国立宮殿
オリンピック会場
モンジュイックの丘
コロンブスの銅像
市長の見晴台
モンジュイック城
TRAVESSERA DE LES
Plaça de Francesc Macià
CARLOTA
CARRER DE CÒRSEGA
ESTACIO BARCELONA CENTRAL-SANTS
Parc de l'Espanya Industrial
AVINGUDA DE ROMA
CARRER DE TARRAGONA
CARRER D'ARAGO
CARRER DE LA CREU COBERTA
Parc Joan Miró
CARRER DEL COMTE
CARRER DE MUNTANER
RAN VIA DE LES CORTS CATALANES
Plaça d'Espanya
AVINGUDA DE MISTRAL
Plaça de l'Univers
Plaça de Carles Buïgas
Plaça de les Cascades
AVINGUDA DEL PARAL·LEL
RONDA DE SANT PAU
RONDA DE SANT ANTONI
MUSEU D'ART DE CATALUNYA
ESTADI OLIMPIC
SANT PAU DEL CAMP
Parc d'Atraccions de Montjuïc
Plaça del Mirador
CASTELL DE MONTJUÏC
PASSEIG DE JOSEP CARNER

グルブ消息不明

エドゥアルド・メンドサ

訳＝柳原孝敦

はじめて出逢う
世界のおはなし

目次

著者の覚え書き 4
九日 13
十日 18
十一日 30
十二日 43
十三日 61
十四日 69

十五日　75
十六日　81
十七日　88
十八日　95
十九日　109
二十日　124
二十一日　144
二十二日　162
二十三日　187
二十四日　203

訳者あとがき　215

著者の覚え書き

Nota del autor

これより前に出版された『地下納骨堂の幽霊の謎』とその続編『オリーヴの実の迷宮』との共通点はたくさんあるにしても、『グルブ消息不明』はこれまで私が書いた本の中で一番風変わりなものだ。おそらくその理由は、厳密に言うとこれが本ではないからだ。あるいは本にしようという気もなかったのに生まれたものだからだ。私の友人のシャビエル・ビダル＝フォルクというのが、当時、『エル・パイス』紙カタルーニャ版の編集長で、年に一、二回、紙上に何か書いてくれと頼んできていたのだが、私は自動的に断っていた。というのも私はかねがね、ジャーナリズムにつきもののある要素を、子鹿のようにびくびくと恐れていたからだ。それはつまり、こちらではいかんともしがたい締め切りというやつだ。私はかなり遅筆で、一度書き終えた本を、結論が気に入らないからといって、最初の語句からすっかり書き直すということが一度ならずあり、容易に想像できるように、出版が遅れに遅れてしまったりするのだった。好き勝手に書くというこの特権こそ、私が常々、決して手放すまいぞと思ってきたものだ。といっても、手放したことが何度かあったにはあった。ただし、なぜ手放してしまったのかはとんとわからない。ひょっとしたら向こう見ずにも自身を試練にさらそうとしたのかもしれない。そんなことをするときには、私自身の意に反して、恐れていた以上に悪い結果になるのが常だった。ともあれ、何度もビダル＝フォルクに誘われるうちに、一度だけ、やってみようかという気になってしまったのだ。ひょっとしたら、そのとき手許には何もなかったのだけど、せめて考えておこうと約束したのだったか。

それよりもずっと前の話、ニューヨークにいた私は、作家たちの誰もが苦しむスランプに陥っていて、ユーモアを交えたSFを書き始めたことがあった。目標などというものはなく、ただ紙を埋めるためというのが最大の理由だった。SFファンではない。正直言うと嫌いだ。そのくせSF映画は好きだ（ただし映画も、小説同様、秘密の集会だとか世界が終末を迎えるとか、その種のありきたりな話に頼りがちだが）。その話を書き始めた時も、直前に一本見ていたのだった。筋はよくわからなかったけれども、映像には大いに満足した、そんな映画だった。その映像に後押しされて、私はその物語を空想したのだと思う。ついでに言えば、ストーリーはありきたりで、正真正銘のSF小説というよりは、十八世紀のモラルの説話との類縁関係が強いものだった（たとえばガリバーの旅行に近い）。宇宙を旅して地球に戻ってきた者が、友人たちに対して、旅の途中で見聞した物事を語って聞かせるという話だ。友人たちは、何しろ彼が旅に出ている間も日々の仕事を続け、単調極まりない昔ながらの生活をしていたものだから、すっかり驚き呆れるという話だ。やがてやる気がなくなってしまい、物語は二十ページ目かその少し先くらいで途絶えてしまった。私のそれまでの経験によれば、だいたいいつもそのくらいの場所で物語は中断され、情熱に満ちて書き始めた者としてはがっかりしてしまうのだ。さて、連載用に分断して書ける物語でありながら、充分に読ませるに足りる構造を持ったものを書く約束をしてしまった時に私は、その古い物語の埃《ほこり》を払い、裏返してみた。

バルセローナは当時、未曾有《みぞう》の状況にあった。オリンピックが近づいていたので街中が大わらわだった。ところが市民たちの心は、不都合もたくさんあったというのに、喜びと期待に満ちていた。そして何かが単調さに穴を開けるときはいつもそうだが、ならず者があちこちから鼻先をのぞかせていた。

舞台が決まったら、登場人物を決める（またしても名無しだ）。そして簡単な筋（仲間のグルブを探す）を思いついたら、仕事をだいぶ楽にしてくれるはずの語りの技法を見つけた。話の中の時間を最小単位に分割するのだ。そうすると後は、ただ偶然目に飛び込んできた素材を使って書いていけばいい。家の近くのチューロ〔小麦粉を揚げた棒状の菓子。チュロスとも〕屋が、宇宙人はチューロが好き過ぎるのだと言っていた。日々の新聞に出てくるニュースも役立つ。似たような状況や人の話はいくらもある。

　こんな風にして私は約束を果たすことになった。だが苦しまなかったわけではない。しまいには時間に追われることになったし、最終回など一枚一枚、できた順に新聞社に渡すことになった。終わって私は難局を無事に乗り切った自分を自慢に思ったほどだったのだが、考え直してみることもなく書き、見直してみることもなく活字にするはめになったことには内心忸怩《じくじ》たる思いもある。その後、物語が単行本化されるときに訂正したが、それもほんのわずかだ。本当は物語のあちらこちらの細部を再編して本にしたらどうかと提案されたのだが、私はちっとも乗り気ではなかった。個人的見地から言って、もう冒険は終わったと見なしていた。一冊本を書き終わると常にそう思っていたのだ。さらに商業的見地から言えば、発行部数の多い新聞にほんの数ヶ月前に連載されていた物語を誰が読むというのだろう。しかも、ついでに言えばその物語は、ある特定の地方で、特殊で二度と繰り返されることはないし他の場所に移して考えることもできないような時期に起こった、突飛な出来事を語っているのだ。そんなもの誰かが買うとは思えなかった。当然、私の考えが間違っていたのだ。『グルブ消息不明』は私が出した本でも、おそらく一番売れたものとなった。そしてまたいくつもの言語に翻訳された。ますますもって驚きだ。

出版後数年を経た今から振り返ってみると、売れた理由は簡単に説明できる。少なくともその一部は。短くてひどく簡単に読める本だということだ。近年の文学史上でここまで簡単に読める本が果たしてあっただろうか。簡単に読める理由は単純で、口語体で書かれ、内容も軽く、各パートのページ数も少ないということだ。楽しい本でもある。これを書いたときの状況がそうだったからだ。将来の希望に満ちた人生の春といった風情だ。それまで私が出してきたユーモア小説（前に挙げた『地下納骨堂の幽霊の謎』と『オリーヴの実の迷宮』）の内容とは異なり、本書には憂鬱《ゆううつ》の影すら存在しない。世界を見てびっくりし、寄る辺《よるべ》無さを感じた者の視線で書かれているが、そこには悲劇的な様相はないし、検閲の痕跡もない。こんなことができたのも、この物語が長く読み続けられることはないと思いながら書いたからだ。連載が掲載されるごとに読み捨てにされ、結局、友垣間の話の種以上のものにはならないだろうと思っていたのだ。

一九九九年二月、バルセローナ

エドゥアルド・メンドサ

グルブ消息不明

Sin noticias de Gurb

装画　中村幸子
装幀　塙 浩孝

九日
Día 9

〇・〇一（現地時間）問題なく着陸。通常の推進力（拡張版）。着陸時の速度は通常尺度（限定版）六・三〇。着水時の速度は低−U1尺度四、またはモリーナ＝カルボ尺度の九。排気量はAZ−〇・三。

着陸地点は六三Ω（Ⅱβ）二八四七六三九四七八三六三九四七三九三七四九二七四九。

着陸地点の現地名はサルダニョーラ。バルセローナ近郊。

〇七・〇〇（私からの）指令に従い、グルブは当地の生命形相（実在およびこれから存在することになるかもしれないもの）と接触する準備にとりかかる。ここまで肉体のない形（分析係数四八〇〇の純粋知性）でやって来たので、当地住民と同様の肉体をまとうように指示する。その目的はこの地で生まれ育った動物たち（今存在しているものもこれから存在すること

マルタ・サンチェス：1966年生まれ。スペイン・ポップス界を代表する歌手。

になるかもしれないものも含め）に目立たないようにというもの。『地球星内同化可能形状推薦目録』（略称ＣＡＴＩＦＡ）を調べ、グルブにはマルタ・サンチェスという名の人類の外見を選んだ。

〇七・一五　グルブは四番出口から宇宙船を出た。天気は快晴、南からの微風。気温は摂氏十五度。相対湿度五十六パーセント。海の状態は凪ぎ。

〇七・二一　現地住民との最初の接触。グルブから受信したデータは以下のとおり。個体の長さは百七十センチメートル。頭蓋骨の周囲は五十七センチメートル。目の数は二個。尻尾の長さは〇・〇〇センチメートル（尻尾がない）。個体が意思疎通するのに使う言語はひどく単純な構造を持っているが、音響は極めて複雑である。というのも、内的器官を使って調音しなければならないからだ。概念化能力のほとんどないこの個体の名はリュク・プーチ・イ・ローチ（受信が乱れたか、不完全だったかもしれない）。個体の生物学的基礎は、ベリャテーラ自治大学の講座担当教授（専任）。飼いならし易さの度合いは低い。利用する交通手段は極めて単純な構造だが、操作方法は込み入っている。名前はフォード・フィエスタ。

〇七・二三　グルブはその個体から、彼の交通手段に乗るようにと誘われる。どうすればいいか指示を仰いできた。提案を受け入れるように指令する。基本的な目的はこの地で生まれ育った動物たち（今存在しているものもこれから存在することになるかもしれないものも含め）に目立たないようにというもの。

〇七・二三　グルブからの知らせなし。

〇八・〇〇　グルブからの知らせなし。

〇九・〇〇　グルブからの知らせなし。

一二・三〇　グルブからの知らせなし。

二〇・三〇　グルブからの知らせなし。

十日

Día 10

〇七・〇〇　グルブを探しに出る決意をする。

出ていく前に、この地で生まれ育った動物たちに気づかれたり中を捜索されたりしないよう、宇宙船を隠す。『形状推薦目録』を見て、宇宙船を戸建て団地一世帯住宅、暖房付き三LDK二浴室、テラス、共同プール、駐車場二台分、駅近、に変えた。

〇七・三〇　人間の個体の外見をまとうことにする。『目録』を見てオリバーレス公伯爵を選んだ。

〇七・四五　宇宙船のハッチから出ていくことはできなかったので（今ではいたって単純な構造をしているものの、操作はひどく難しい鎧戸《よろいど》になった）、街中の個体が最も密に参集してい

オリバーレス公伯爵：17 世紀スペインを代表する貴族。ディエゴ・ベラスケスによる馬上図（本作品）が有名。

る場所に自然に姿を現すことにする。目立たないようにとの配慮だ。

〇八・〇〇　ディアグナル通りとグラシア大通りの交差点に姿を現す。路線バス17番バルセロネーターバイデブロン線に轢《ひ》かれた。頭部を取り戻さなければならなくなる。衝突によって抜け落ち、転げていったのだ。取り戻すのは大変だ。交通量が多いからだ。

〇八・〇一　オペル・コルサに轢かれる。

〇八・〇二　荷物運搬のワゴン車に轢かれる。

〇八・〇三　タクシーに轢かれる。

〇八・〇四　頭部を取り戻し、衝突した場所のすぐ近くにあった噴水でそれを洗う。ついでにこの地域の水の成分を分析する。水素と酸素、それにうんちからなる。

○八・一五　個体の密度が高いので、ざっと見ただけでこの中にグルブを見つけ出すことは少しばかり難しかろうが、センサーでの交信をすることだけはすまいと思う。そうすることによってこの地域の生態系のバランスに、そしてまたその結果、住民にどんな影響を及ぼすのかわからないからだ。

　人間はサイズがまちまちである。彼らのうち最小のものは、そのあまりの小ささのために、もっと背の高い人間たちが小さな手押し車に入れて持ち運びしなければ、たちどころに体の大きなものたちに踏みつけにされてしまいそうだ（そしてひょっとしたら頭が取れてしまうかもしれない）。一番高いものでもめったに体長二メートルを超すことはない。ひとつ驚くべきデータがある。彼らは寝そべっても身長は同じままなのだ。口ひげをはやしている者もいれば、口と顎、頬がひげに覆われている者もいる。ほぼ全員が目を二個持っており、それが顔の、見ようによっては前に、別の見方をすれば後ろについている。歩くときには後ろから前に進む。そのためには足の動きに合わせて逆の腕を元気よく動かさなければならない。せかせかと歩く人たちは革やビニールのバッグか、他の惑星から取ってきた素材でできたサムソナイトという名のスーツケースなどを媒介にして腕の動きを補強している。自動車（というのはひどく臭い空気の詰まった四個の車輪が対になって並べられたもの）による移動のしかたはそれよりも合理的だし、大きな速度も得られる。私は空を飛んでもならないし、頭を下にして歩いてもいけない。でなければ変わり者と見なされる。【注意書き】片足を常に地面につけていること。二本のうちどの足でも構わない。何なら尻と呼ばれる外部器官でもいい。

一一・〇〇　ほぼ三時間、グルブが通りすぎないかと待っている。無駄な待機だ。この都市のこの地点における人間の流れは減じることはない。むしろ逆だ。計算によれば、グルブがここを通過しても私が気づかないでいる蓋然《がいぜん》性は七十三対一くらいの大きさになる。しかしながらこの計算には、二つの変数を加えなければならない。a）グルブがここを通らない場合。b）グルブがここを通ったとしても、外見を変えていた場合。その場合、私が見つけきれない蓋然性は九百京対一になるだろう。

一二・〇〇　お告げの祈りの時間。しばし引っ込むことにした。今まさにこの瞬間、グルブが私の前を通り過ぎることはまずないだろうから。

一三・〇〇　五時間前から体を直立の姿勢に保っているので、疲れてくる。筋肉は麻痺して動かないのだが、それに加えて息を吸ったり吐いたりする努力を絶えずしなければならない。一度、五秒以上そうするのを忘れたことがあったが、顔が紫色になり、目が眼窩《がんか》から飛び出し、またしても車の車輪の下に転げていったので、取り戻さなければならなくなった。こんなことばかりしていたのでは、だいぶ目立ってしまうことになりそうだ。どうやら人類は自動的に息を吸ったり吐いたりするらしく、これを呼吸と呼ぶそうだ。自律運動などというものは文明化された存在ならば誰しもいとわしく思うし、私もこれを書き記すのは純粋に科学的理由からなのだが、人間の自律作用というのはただ呼吸にのみ留まるものではなく、他の肉体の作用、例えば血液の循環とか消化、まばたき——前の二つと違い、この作用は意識的に行うことができる。その場合はそれをウインクと呼ぶ——、爪の伸びなどにも及ぶ。人間たちの諸器官（および臓器）の自律作用への依存度は甚だしく、子供時代に自然の欲求よりも礼儀を重視するべきことを教え込まなければ、とんでもないことまでしでかしてしまいかねない。

一四・〇〇　私の肉体の耐久性も限界に達したので、両膝を地面につき、左足を後ろに、右足を前に曲げて休んだ。私がそんな姿勢でいるのを見て、あるご婦人が二十五ペセータ硬貨を差し出してきたので、礼儀知らずだと思われてはいけないと思い、すぐさま飲み込んだ。気温は摂氏二十度。相対湿度六十四パーセント。南からのゆるやかな風。海は凪いでいる。

一四・三〇　車輪で転がるものと歩行するものの交通の密度が軽く減じた。いまだグルブからは音沙汰なし。この星の生態系の危ういバランスを変化させてしまう危険を相変わらずはらんではいたものの、センサーでの接触を試みる。バスが一台も通っていないすきに、頭の中を真っ白にし、周波数H76420ba1400009から始めて、H76420ba1400010まで上げて発信する。

二回目にやってみたときに信号を受け取る。最初は小さかったが、やがて明瞭になった。信号を解読する。二つの異なる地点から発されているようだが、それでも、地軸からの距離で見れば非常に近い二つの地点だ。信号は（解読すれば）、以下のように伝えている。

どこからおかけですか、カルゴルスの奥さん？

サン・ジョアン・デスピからよ。

どこからですって？

サン・ジョアン・デスピ、サン・ジョアン・デスピからです。聞こえないの？

カルゴルスさん、どうやら受話器がちょっと悪くなっているみたいですね。聞こえますか？

何ですって？

ちゃんと聞こえますか、カルゴルスさん？

もしもし、もしもし、ええ、よく聞こえますよ。

聞こえますか、カルゴルスさん？

元気よ。私はとても元気。

それでどこからお電話くださってるの、カルゴルスさん？

サン・ジョアン・デスピからよ。

サン・ジョアン・デスピからですね。それでサン・ジョアン・デスピからはよく聞こえますか、カルゴルスさん？

よく聞こえますよ。それで、そちらは、ちゃんと聞こえてますか？

私は平気ですよ、カルゴルスさん。今、どちらですの？

グルブの居場所を突き止めることは、私が思っていたよりもはるかに難しそうだ。

一五・〇〇　街中を系統立てて歩いて回ることにする。一箇所に留まっているのはやめた。それによって私がグルブに会わない蓋然性は百京対一にまで減じる。それでもなお、結果は不確かなままだが。日光反射式の地図を頼りに歩く。私はこれを、宇宙船から出る際に体内の回路に埋め込んでおいたのだ。カタルーニャガス会社が開けた溝に落ちる。

一五・〇二　カタルーニャ水力発電会社が開けた溝に落ちる。

一五・〇三　バルセローナ水道局の開けた溝に落ちる。

一五・〇四　国営電話会社の開けた溝に落ちる。

一五・〇五　コルセガ通り自治会の開けた溝に落ちる。

一五・〇六　理念上の地図を頼るのはやめにして、踏みつけている地面を見ながら歩くことにした。

一九・〇〇　四時間歩き続けている。自分がどこにいるのかわからないし、もう脚は体を支えきれない。この街は巨大で、人ごみは途切れることがない、音もうるさい。よく見かける記念塔を見ないのはどういうわけだろう。ピラール福母記念塔のようなものでもあれば、位置確認ができるのだが。飼いならし易さの度合いが高いと思われる歩行者を立ち止まらせ、迷子になった人物にはどこに行けば会えるだろうかと訊《たず》ねてみた。その人物は何歳かと訊《き》いてきた。六千五百十三歳だと答えると、デパート〈コルテ・イングレス〉に行ってみるといいと言われた。最悪なのはおいしい味のする粒子に毒されたこの空気を吸い込まなければならないということだ。よく知られていることだが、大都市の一部の地域では、空気の濃度が高く、住民たちはそれをケースに入れ、モルシーリャ〔豚の血を使ったソーセージ〕という名をつけて輸出する。目はチカチカし、鼻は詰まり、口はカラカラだ。サルダニョーラの方がどれだけましか！

二〇・三〇　日が沈むと大気の状態は充分に良くなっただろうに、人間は街灯を点けようなどと余計なことを思いついてしまった。どうやら彼らは暗くなってからも道を歩くためにこれを必要としたようだ。というのも人間は、たいていは無骨な顔の造作をしており、なかには大っぴらに醜い者もいるというのに、お互いの顔を見合うことなしには生きていけないのだ。車もヘッドライトを点け、お互いを無遠慮に照らし合っている。気温、摂氏十七度。相対湿度、六十二パーセント。南西のゆるい風。海面は波立っている。

二一・三〇　もうだめだ。これ以上一歩も歩けない。私の肉体の損傷はかなりのものだ。腕が一本落ち、脚も一本、それに両耳も落ちた。舌は長く垂れ下がったので、ベルトに結わえておかなければならなかった。犬の糞《ふん》を四回に、無数のタバコの吸い殻を食べることになったのだ。こんな状態では、調査は明日まで延期した方がいい。駐車中のトラックの下に隠れ、体をバラバラにして、宇宙船の中に自然に戻る。

二一・四五　エネルギーを充塡《じゅうてん》。

二一・五〇　パジャマを着る。グルブがいないことが心に重くのしかかる。八百年前から毎晩いっしょに過ごしているので、寝る前の時間をどう潰せばいいのかわからない。この土地のテレビを見たり、﹅ロ﹅リ﹅ー﹅タ﹅・﹅ガ﹅ラ﹅ク﹅シ﹅アの冒険の連載の今月分を読んだりしてもいいのだが、気が向かない。なぜグルブがいなくなったのか、納得できないし、ましてや連絡してこない理由はとんと理解できない。私は物わかりの悪いボスであったことは一度もない。乗組員、というのはグルブだが、彼に、好きなときに出入りする自由を与えてきた（自由時間にはということだが）。ただし、戻ってこない場合、あるいは遅くなることがわかっている場合には、気を使って、せめて連絡するようにと言っていた。

十一日

Día 11

○八・○○　いまだグルブから連絡なし。もう一度センサーでの接触を試みる。ある人物の怒りに震える声を受信。立ちあがった市民の代表たることを自任するその者が、市民の名においてゲーラ某《なにがし》〔当時の副首相アルフォンソ・ゲーラのこと〕なる人物に責任を取ってもらうことを要求すると叫んでいる。センサーでの接触をやめる。

○八・三○　宇宙船を出て、カイツブリに姿を変えた私は、空の上からこの地域を見渡してみる。

○九・三○　作戦にひとまず終止符を打ち、宇宙船に戻る。都市がこれだけ非合理的コンセプトに基づいて、くねくねとした作りになっているのだから、それを取り巻く郊外の野原は、もはや何をか言わんやである。規則的で平らな地点などどこにもなく、まったくの正反対で、まるでわざと使えないように作ったみたいだ。海岸線にいたっては、鳥瞰図《ちょうかんず》として見れば、頭のおかしな者が作ったとしか思えない。

〇九・四五　街の地図（両軸楕円図法による）を仔細に検討し、グルブ捜索を貧乏人と呼ばれる人類の変種の住む地域で続けることにする。『形状推薦目録』には、この変種の者たちの飼いならし易さの度合いは金持ちという名の変種より幾分低く、中産階級という名の変種の者たちよりもずっと低いと書いてあるので、ゲイリー・クーパーという名の個体の外見を選ぶ。

一〇・〇〇　サン・コスメ地区の見たところ人気《ひとけ》のない通りに自然に姿を現す。グルブは自分の意志ではここには住みつかないだろうという気がする。ただし、これまでも自らの意志で存在感を発揮したことは一度もないのだが。

一〇・〇一　ナイフを手にした悪ガキどもの集団に財布を奪われる。

ゲイリー・クーパー（1901—1961）：ハリウッドの西部劇スター。

一〇・〇二　ナイフを手にした悪ガキどもの集団にピストルと保安官の星バッジを奪われる。

一〇・〇三　ナイフを手にした悪ガキどもの集団にヴェストとシャツ、ズボンを奪われる。

一〇・〇四　ナイフを手にした悪ガキどもの集団にブーツと拍車、それにハーモニカを奪われる。

一〇・一〇　警察のパトロール・カーが私の目の前に停まる。警官がひとり降りてきて、私が憲法によってその諸権利を保障されていることを伝え、手錠をかけると、小突いてパトロール・カーに押し込む。気温、摂氏二十一度。相対湿度、七十五パーセント。南からの一時的に強い風。海は小さくうねっている。

一〇・三〇　とある警察署の留置所に入る。同じ房内にむさ苦しいなりの個体がいたので、自己紹介し、あのひどい場所で私の身に起こった災難の数々を語ってきかせる。
一〇・四五　人類というものは初対面の相手には例外なく不信感を抱くものだが、その最初の疑いが消え、私とともに過ごすはめになった人物は会話を交わす覚悟を決めたようだ。名刺を渡してきた。こう書いてあった。

ジェトゥリオ・ペンカス
物乞い業者
タロット占いもします、ヴァイオリンも弾きます
苦役引き受けます、街を流してます
御用聞きにも伺います

一〇・五〇　新たな友人は私に、彼が間違ってとっ捕まったのだと教えてくれる。というのも、これまで生きてきて一度も車上荒らしなどしたことはないのだと。物乞いをしていれば充分いい生活ができるし、しかも体面も保てる。それに警察が彼から取り上げた白い粉は、やつらが考えるようなものではなく、彼の亡くなった父親――ご冥福を祈る――の遺灰だ。それをちょうどその日、モンジュイックの丘の上の〈市長の見晴台《ミラドール・デル・アルカルデ》〉から市街地へ向けて散骨しようとしていたのだ。これに続けて彼は、今言ったばかりのことは何もかも嘘だし、自分には何の役にも立たない、と言う。なぜならこの国の司法は腐っているからだ。したがって、証拠もなく証人もいなければ、こんな悪人面をした我々ふたりは、間違いなくブタ箱行きとなり、そこから出てくるころには、エイズ持ちかノミまみれとなっていることだろう。言っていることがわからないと彼に伝えたところ、わかるべきことなど何もない、との答え。彼は私をマッチョと呼び、人生なんてそんなものだと、問題の核心は、この国では富の分配がぜんぜんうまくいっていないことにあるのだ、とつけ加える。例として彼はある個体の話をしたのだが、その人物の名は憶えていない。その個体は二十二個も便所のある家を作ったそうで、そう話してから彼は、そいつがクソをしたくなったときに、どの便所も空いてないなんてことになればいいのだ、とつけ加えた。続けて彼は寝台の上に乗り、宣言する。俺の天下（俺の便所？）となったら、その人物には鶏小屋に排便しやがれと命令し、そのかわり二十二個の便所は失業保険を受ける同じ数の家族に分けるつもりだ、と。続けて言うには、こうすれば次の仕事にありつくまでの間がもつだろう。雇用の増大は確実だと言われているから、彼らにもやがて職があてがわれるはずだ。そう言うと彼は寝台から落ち、頭が割れた。

一一・三〇　先述のとは異なる警官が留置場のドアを開け、ついてくるようにと命じる。どうやら署長の前に引き出されるようだ。新しい友人の司法批判を聞いて私は縮み上がったので、もっと偉い人の外見をまとうようにしようと思い、ホセ・オルテガ・イ・ガセーさんに姿を変えた。私と歩調を合わせてもらうために、新しい友人にはミゲル・デ・ウナムーノさんになってもらった〔どちらも二十世紀スペインを代表する哲学者〕。

一一・三五　警察署長の前に出頭する。署長は私たちを上から下までじろじろと見て、頭をかくと、ややこしいことはごめんだと宣言し、私たちを釈放するよう命じる。

一一・四〇　新しい友人と私は、警察署の入口で別れを告げた。右と左に歩いて行く前に、友人は私に、元の見た目に戻してくれと頼む。こんな姿では、じくじくする膿疱《のうほう》をつけて本当にむかつくようななりに扮装したとしても、神でも施しものはしてくれないとのこと。言われたとおりにすると、彼は立ち去った。

一一・四五　捜索を再開。

一四・三〇　まだグルブからの連絡はない。周囲にいる人々を真似て食事することにする。店はどこも閉まっていて、唯一開いているのがレストランと呼ばれる場所だけなので、この種の店で食事が給仕されるのだろうと推論する。レストランの入口あたりにあるゴミを嗅ぎ回り、食欲を刺激するにおいのするものを見つける。

一四・四五　レストランに入ると、黒服の紳士がやる気なさそうに予約《レセルバ》は済ませたかと訊いてきた。私は貯蓄《レセルバ》はないが二十二個の便所がある家を作っているところだと答えた。私は持ち上げられ、花束の飾ってあるテーブルに連れていかれた。花は、失礼だと思われてはいけないので食べた。メニュー表（成文化されていない）をもらって読み、生ハム、生ハム・メロン、メロンの三品を頼む。飲みものは何にするかと訊ねられたので、人間世界で最も一般的な液体を注文する。小便だ。

一六・一五　コーヒーを一杯飲む。店からなしの酒をサービスしてもらう。続いて運ばれてきた勘定を見たところ、六千八百三十四ペセータに達していた。私はびた一文持っていない。

一六・三五　〈モンテクリスト〉二番（2）という葉巻を吸いながら、この窮状からどうやって逃れるか考える。体をばらばらにしてしまってもいいのだが、その考えは却下する。というのも、a）ウェイターや客の目を惹《ひ》いてしまうし、b）私の不注意の尻ぬぐいを、この店の優しい人たちにさせるのは不公平だからだ。何しろこの人たちは、私になしの酒をサービスしてくれたのだ。

一六・四〇　車の中に忘れ物したと言い訳して外に出て、たばこ屋に行って、そこで発行されていたあるだけの種類の宝くじを手に入れる。

一六・四五　基本的な方程式を使ってあたり番号を操作し、合計一億二千二百万ペセータを手に入れる。レストランに戻り料金を払うと、一億をチップに置いていった。

一六・五五　知っている唯一の方法でグルブ捜索を再開する。つまり通りを足で蹴って歩くやり方だ。

二〇・〇〇　長いこと歩いたので靴から煙が出る。一方の靴からはかかとが取れてしまい、ひどく奇妙な歩き方になり、疲れも出やすくなる。靴を脱ぎ捨ててある店に入り、レストランで余った金で新しいのを買う。前のものよりも履き心地は悪いが、とても丈夫な素材でできたものだ。この新しい靴の名はスキーというのだが、これを履いてペドラルベス地区を歩き回ることにする。

二一・〇〇　ペドラルベス地区の巡回を終えるが、グルブを見出すことはできていない。けれども、とても気持のいい場所だった。家々は品があり、通りも静か、芝生はみずみずしいし、プールには水がみなぎっている。ペドラルベスのような地区に住むことができるのに、わざわざあの悲しい思い出のサン・コスメみたいな地区に住みたがる者がいる理由がわからない。好きこのんで住んでいるのではなく、金の問題かもしれない。

どうやら人間たちには違う範疇《はんちゅう》分けが存在するみたいだ。金持ちと貧乏人という分け方だ。この分類を彼らはたいそう重要視しているが、その理由は明らかになっていない。金持ちと貧乏人の違いは次のもののようだ。金持ちは出かけた先で金を払わない。好きなだけ買い、消費しても、だ。一方貧乏人は、汗かき料すら払うはめになる。金持ちたちが支払いを免れているのは、古くからの慣習のこともあれば、最近獲得した権利の場合もある。あるいは一時的なものの場合もある。そしてまた偽装のこともある。まとめていえば、大差はない。統計的見地から見れば、金持ちの方が貧乏人よりも長生きで、暮らし向きもいいということは証明済みなようだ。背も高く、健康で、見た目も良い。楽しみも多く、あらゆるところに旅をし、いい教育も受け、生活を快適にするものに恵まれている。服もたくさん持っている。特に春や秋の服は豊富だ。病気をしてもいい待遇でもてなされ、墓も立派。おまけにより長く忘れないでいてもらえる。新聞や雑誌、カレンダーなどに顔写真が載る可能性も高い。

二一・三〇　宇宙船に戻ることにする。ペドラルベス修道院の入り口前で体をバラバラにしていたら、ちょうどそのとき、ゴミ出しに出てきたシスターにたいそう驚かれてしまう。

二二・〇〇　エネルギーを再充塡。また一人で夜を過ごす準備を整える。ロ、リ、ー、タ・ガ、ラ、ク、シ、アの新しい回を読む。でもそういえば、本を読むのもこれまで何度となくグルブと二人でやってきたのだった。その都度彼には難しい箇所を説明するはめになった。何しろ間抜けさにかけては誰にも負けない者だったから。ひとりで読書していると、楽しいどころではなく、悲しくなってくる。

二二・三〇　宇宙船の中をうろつき回るのにうんざりし、引き下がることにする。今日はくたびれた。パジャマを着てお祈りを唱えると、寝る。

十二日
Día 12

〇八・〇〇　いまだグルブからの知らせはない。土砂降りの雨。バルセローナの雨は市役所の働きぶりに似ている。たまにしかないが、そのときは激しい。外出はよすことにして、ちょうどいい機会なので宇宙船を掃除することにする。

〇九・〇〇　一時間掃除をしているが、もう無理だ。いつもこの種の仕事はグルブがやっていたので、どうすればいいのかわからないのだ。早く戻って来てもらいたい。

〇九・一〇　時間つぶしにしばらくテレビを見る。いろいろな個体が出演しているが、皆、人類に属している。しばらく彼らの演技を見てから、それが私の星でもたいそう人気のものによく似たある競技ではないかと考える。といっても中身ははるかに雑だが。生物学的に異なる性のペア（ただし、今のところ、見た限りではわからない）にナポレオンの苗字を訊ねる。ヒソヒソ。女が自信なさそうに答える。ベナベンテですか？　間違いだ。そうすると今度は、相対する夫婦の番だ。スタジオの反対側の台に座っているのだ。ボンビータですか？　これも間違い。司会者が拍手をして、参加するペアに五十万ペセータ負けたとか勝ったとか伝える。競技参加者たちがそれぞれの台で足を踏みならして大騒ぎ。会場に新しい女性競技者がひとり登場。彼女は二十二ヶ月連続で出ている。次の質問は、アルベルト・アルコセール〔スペインの実業家〕の独身時代の名は何だったか、というもの。受信をやめることにする。気温、摂氏十六度。相対湿度、九十パーセント。北東の強い風。海には強いうねり。

○九・五五　フリオ・ロメロ・デ・トーレス〔スペインの画家〕の外見をまとい（傘を持っているヴァージョン）、地元のバルに自然に姿を現す。ベーコン・エッグを搔き込み、朝刊を捲《めく》る。人間の概念の体系は実に原始的で、出来事を知るのに新聞を読まなければならない。雌鳥の卵の方が国中の全新聞を集めたよりも多くの情報を含んでいるということがわかっていないのだ。それに卵の情報は信憑性《しんぴょう》も高い。今し方私に給仕された二個は油まみれではあるが、ここから株式相場を読み取ることができる。それから政治家のモラルについての世論調査もわかる（七十パーセントの雌鳥は政治家たちにモラルがあると感じている）。明日行われるバスケットボールの試合結果までわかる。これを読み解く方法を教わりさえすれば、人間の生活はどれだけ楽になることか！

一〇・三〇　アニス入りコーヒーは口に合わない。宇宙船に戻ってパジャマに着替え、横になる。残りの時間は休むことにする。せっかくの休みなので、スペイン現代文学という、この星の内外で広く評判のものを体系的に読むことにとりかかる。

一三・三〇　『バルトルド、バルトルディーノ、カサセーノ』〔十七世紀イタリアの子供向け読み物〕を読み終える。まだ曇っているが、雨は止んだ。街に下りて行くことにする。面倒な金の問題をひと思いに解決してしまいたい。昨日宝くじで稼いだ分の残りがまだ少しあるが、できれば地球上にいる間、安心できる立場を確保しておきたいのだ。

ピウス12世：1939—1958ローマ教皇。

一三・五〇　あと十分ほどで閉店というときにシエラ・モレーナ銀行のある支店に人間の姿になって現れ、口座を開設したいと表明する。信頼を得るために美しい思い出の教皇ピウス十二世の外見をまとった。

一三・五二　窓口の職員に用紙を渡されたので、それに必要事項を書き込む。

一三・五五　窓口の職員は微笑み、当行には様々な種類の口座のご用意がございますと告げる（普通預金、強要預金、誰だったか思い出せない預金、川流れ預金、このページを読む者は間抜け預金、等々）。お預けいただく現金が結構な額になるようでしたら、これこれの方法をお選びいただければ、利子も高く、お引き出しも簡単、税対策としても良うございます、と言う。それに応えて私は、二十五ペセータで口座を開設したいのだと告げる。

一三・五七　窓口の職員は微笑むのをやめ、情報提供をやめた。私の聞き違いでなければ、屁を一発噴き出した。続いて、しばらくコンピュータのキーを叩く。

一三・五九　預金口座の開設を終える。一日の業務を終える一秒前に、コンピュータに指示を送り、私の口座の残高に〇を十四個加えさせた。これでよし。銀行を出る。どうやら陽も出そうだ。

一四・三〇　シーフードレストランの前で立ち止まる。人間たちが商取引がうまくいったことを祝うのにこうした場所によく行くことを知っている。私も同様の動機から彼らを真似てみたいものだと思う。シーフードレストランというのはレ、ス、ト、ラ、ンの一種または一範疇で、その特徴は、a）装飾が魚釣りの道具である（それが一番大事）。b）そこでは電話機に脚がついたみたいなもの、およびその他の動物を食する。それらは味覚、視覚、嗅覚を同等に刺激する。

一四・四五　しばらく（十五分）迷ったあげく、ひとりで食べるのもいやなので、この儀式をグルブが見つかった後まで延期することにする。彼が見つかったら、必要な懲戒措置をとる前に、どんちゃん騒ぎで再会を祝おうではないか。

一五・〇〇　金を使えるようになったのだから、市の中心街に出てよく知られた商業施設を巡ってみたいと思う。また雲が出てきたが、いまのところ天気は保《も》ちそうだ。

一六・〇〇　ブティックに入る。ネ、ク、タ、イ、を一本買う。着けてみる。見栄えが良くなると思うので、同じネ、ク、タ、イ、を九十四本買う。

一六・三〇　スポーツ用品店に入る。ランタンと水筒、キャンプ用ブタンガス、バルサのシャツ一着、テニス・ラケット一本、ウィンドサーフィンの用具一式（蛍光色の赤）、ジョギング・シューズ三十足を買う。

一七・〇〇　ハム屋に入り、黒い脚のハムを七十本買う。

一七・一〇　八百屋に入り、ニンジンを五百グラム買う。

一七・二〇　自動車販売店に入り、マセラッティを一台買う。
一七・四五　家電店に入り、店ごとすべて買う。
一八・〇〇　オモチャ屋に入り、インディアンの衣裳一着とバービー人形のパンツ百十二枚、それに独楽《こま》をひとつ買う。
一八・三〇　酒屋に入り、五二年の〈バロン・ムーシュワール・モケ〉を五本と、テーブル・ワイン〈エル・ペンタテウカ〉八リットル瓶を一本買う。
一九・〇〇　宝石店に入り、金のロレックス（自動式、防水、耐磁性、耐衝撃性のもの）を買う。しかも現物持ち帰りだ。

一九・三〇　香水店に入り、発売間もないオー・ド・フェランを買う。

二〇・〇〇　金は幸せをもたらさないと気づき、これまで買ったものをすべて解体する。手はポケットに入れ、心も軽く歩き出す。

二〇・四〇　ランブラス大通りを散歩していると、空が雷雲に覆われ、つんざくような雷鳴が轟く。電子機器を伴った大気の変動が近づいてることは明らかだ。

二〇・四二　私が忌まわしい放射線を発しているせいで、雷が三度、上に落ちた。ベルトのバックルとズボンのファスナーが溶ける。髪が逆立つが、誰も直してはくれない。まるで私はヤマアラシみたいだ。

二〇・五〇　まだ静電気が溜まっている。『レジャー・ガイド』を買おうとしてキオスクに火をつけてしまう。

二一・〇三　ポツポツと水滴が落ちてきて、大事にはいたるまいと思われたころ、ひどい土砂降りになり、ネズミたちは下水道から逃げだし、コロンブスの銅像に上った。万一を考えてのことだ。私はとある居酒屋に逃げ込んで雨宿りだ。

二一・〇四　居酒屋の中にいる。サルチチョンやロンガニサ、チストーラ〔いずれもソーセージの名〕といった名の鍾乳石が客たちに脂肪をふりまいている。六、七人の個体からなる客は、それぞれ生物学上の性は異なるのだが、見た目にはわからない。例外はある紳士の場合で、彼はばかりから出てくるときにその小さな棒つきキャンディーをしまうのを忘れていたのだ。生ビールの蛇口の向こうから出てきたものを、最初私はひとりの男のしるしかと思った。よくよく観察すると、それは絡み合う二人の小人だとわかった。ドアがあくと、空気が渦になり、ハエを追い立てる。そのとき、一方の壁に鏡が掛かっているのが見えた。鏡の左上隅には、一九五八年三月六日づけリーガ・エスパニョーラの結果一覧がチョークで書かれていた。

二一・一〇　驟雨《しゅうう》に骨の髄まで濡れたので、赤ワインを一杯頼む。体を温めるのだ。つまようじでおつまみを刺そうとすると、それがカウンターの上を走って逃げたので、ひどくびっくりする。

二一・三〇　客たちの会話を聞いて楽しむ。人類の言語は、解読しないとやっかいだし、子供じみている。彼らは次のような基本的な文章

1093287451O8y34–19《poe8vhqa9enfo87qinrf–09aqsdnfñ9q8w3r4v21dfkf=q3wyoiqwe=q3ulo9=8534919 26rnlnfp2485lir09348413k8449f3859j9t83ot82=34utt2egu34851mfkfg–231lfgklwhgqoi2ui34756=l3ir2487–2349r20i45u62–4852ut–345892–9238v43597 4682=3t98458967 2394ut945467=2–3tugywoit=238tej9646 7523fiwuy6–23f3yt–23898 4rohg–2343ijn87b7ytgyt6543 76687by79（カブを九キロください）

すらも理解できない。結果的に彼らの話は長くなり、しかも大声でなされる。表情で補われ、

恐ろしいしかめっ面が伴うこともある。それだけやっても、表現能力には限りがある。ただし、罵詈《ばり》雑言《ぞうごん》と汚い言葉の分野だけは話が別だ。そしてまたその発話には両義性や破格構文、多義性がふんだんにある。

二一・五〇　この点に関してあれこれと考えていたら、ウェイターがどんどんワインをつぎ足し、ふと気づくと、体内に半リットルものボルドー産クラレットが入っている。ワインの化学的構成を分析し始める（ブドウ由来の要素にひとつも出くわさないまま百六まで解析した）が、トリニトロトルエンまで達したところで調査をやめる。ウェイターがワインをつぎ足す。

二二・〇〇　原因もなく突然笑い出したところ、隣にいた客が、自分の顔に何かついているのかと訊ねてきた。彼のことを笑っているわけではなく、どうしたわけか突然頭に浮かんだ馬鹿げた考えに笑ったのだと明かした。私の物言いは少しばかり混乱したもので、とりわけいくつかの句を人間向けに言い直さなかったからなのだが、おかげで客の視線を一身に浴びることになる。

二二・〇五　客のひとり（顔に何かついている方ではなく、別の者）が右手の人差し指を私の鼻の頭につけて指さしながら、この顔は見覚えがあると言う。私が教皇の姿をしている（実体もそうだが）と気づいた者が、この方は敬虔《けいけん》な方に違いないと、だから全幅《ぜんぷく》の信頼を寄せるべきだと言う。私は彼にきっと人違いだと応え、注意を逸らすために、そしてその他の客の注意も私から逸らすために、皆に一杯ずつおごることにする。私が金を払おうとしているのに気づいたウェイターは、今厨房からおいしいもつ煮込みが出てくるところだと伝える。私はカウンターに札を数枚置き（五百万ペセータ）、煮込みはここにくれと言う。金ならこれで足りるはずだ、と。

二二・一二　信心深い客がそれはいけないと、私は既に酒の料金を払ったのだから、煮込みは彼が払うと言う。加えて、もう本当にそれ以上はしなくていいとも言った。私は煮込みのことを言いだしたのは自分なのだと、だから私が払って然《しか》るべきなのだと再三繰り返す。

二三・一七　ひとりの女性（彼女も客だ）、というのは、今し方二本目のアニス酒を飲み干したしるしに壜《びん》を寝かせて置いた人物だが、その彼女が割って入り、議論はそれくらいにしろと言う。襟ぐりに手を突っこむと、汚くてしわくちゃになった紙幣を取り出し、それをカウンターの上に置く。別の客が、それをもつ煮込みと勘違いし、ひとくちに四枚平らげる。女性は自分のおごりだと請け合う。信心深い客が、自分は女におごられるような人間ではない、と応じる。とても男気のある人間なのだと主張する。

二三・二四　そうこうする間にも煮込みは一向に現れないので、私はカウンターを灰皿で叩いて催促する。灰皿を割り、カウンターの大理石の表面を砕いてしまう。ウェイターはワインを注ぐ。それまで黙っていた客が、私たちにフラメンコのソレアーという種類の曲を捧げようと言ってくる。情感を込め、1092387nqfp983j41093（「戻っといで、女狐ちゃん」）という題の歌を歌う。皆フラメンコ式に手を叩き、エレ、エレ（7v5, 7v5）と言ってはやし立てる。例の信心深い客が、やっと思い出したと言う。私が誰だかわかったというのだ。ホルヘ・セプルベダ〔スペインの歌手。この頃には故人〕だろうと。

二二・四一（おおよそ）　フラメンコ歌手の客は口を大きく開けてつらい人生と歌うのだが、大きく開けすぎて入れ歯が肉団子の大皿の中に落ちてしまう。取り出そうとして手を入れると、ウェイターがその頭を球状のチーズで殴り、もういい、と言う。ここ一週間ばかりの間に入れ歯を取り出すふりをして八個も肉団子が食べられている。しかしながら自分は（聞き取り不能）だ。それに数は記録してあるんだ。たしなめられてフラメンコ歌手は、こんなちんけな場所から肉団子をくすねようなどとは思わない、と応じる。何しろかつて彼はパリでアンダルシア民謡の王として鳴らした人物で、いつだって好きなときに〈マキシム〉が予約に応じてくれるのだと。ウェイターはひとことも返さず、代わりにワインを注ぐ。

二三・〇〇あるいは二四・〇〇　顔に何かついている例のあいつが自分はひとかどの人物になるはずだったのだと知らせてくる。というのも、彼にはいい思いつきもあったし、それを実行に移すのに必要な胆力だって事欠かなかったのだが、三つのことが災いして成功できなかったというのだ。その三つというのは、a）運が悪かった。b）飲む、打つ、買う、をやりがちだった。c）だれか有力者が彼に反感を覚えて、しかるべく任命してくれなかった。さっきパイオツから現ナマをとり出したあのスケがしゃしゃり出てきて言うには、そんなんじゃないのよ、良い子ちゃん、とのこと。そのオヤジがこんな体《てい》たらくな本当の理由は、実際には、a）怠け癖《バガンシア》。b）自堕落《バガンシア》。c）放浪《バガンシア》だと。もうそんな嘘や作り話を何度も何度も聞かされるのはうんざりだと。

？　やっとのことで厨房からもつ煮込みが、自分の足で歩いて出てくる。ズベ公があたいだけがひとかどの者だと威張っていい存在だと言う。ついこの間まで彼女はとんでもない上玉で、地元じゃオクラホマの爆弾娘というあだ名で知られていたと。加えて、そりゃあ今では少しばかり崩れて見えるかもしれないが、これは歳のせいではなく、他に原因があるのだと言う。その原因というのは、a）生のインゲン豆を食べ始めると止まらなくなってそればかり食べている。b）男たちに棒で打ちつけにされてきた。c）その名は思い出したくないある保険医が、彼女の美容整形手術でちょいとばかり手抜きをした。続けて彼女は泣き出す。そこで私が引き取って彼女にもう泣くなと言う。私にとっては彼女はこれまで見た中で一番美しく魅力的な女性だと。彼女とだったら喜んで結婚したいくらいだと。でもそれができないのは、私が宇宙人で、ここには他の銀河系への旅の途中に寄っただけだからなのだと。それに対して彼女は、みんなそう言うのよね、と応える。何かついているあのブサイクがもうそんな（理解不能）はやめろと言う。黙れと。女が応えて（うまい応え方だ）言うには、あたいのでべその（理解不能）に言われたって黙るもんか、と。立て板に水でしゃべってやるとも、それがどうしたって言ってやるね、と。そこで私が引き取り、彼女に失礼なことを言いやがったオヤジに（理解不能）を喰らわせてやった。いや、他の誰かかもしれない。どうでもいい。そして皆に向かって、いいか、俺の恋人に失礼な真似しやがったら承知しないぞ、と言う。

暗い夜　喰らった男は床から立ちあがり私の耳をつかむと、私を空中で扇風機のようにぐるぐると回す。騒ぎに紛れて、フラメンコの歌い手は肉団子をひとつまみ口の中に入れる。ウェイターはフライパンで腹を殴り、肉団子（あるいは同様の素材）を元の場所に戻せと命じる。警官が警棒を振りまわしながら入ってくる。私はひとりの警官から警棒を奪い取ると、それでその警官か、あるいは他の警官を殴ってやった。わけがわからなくなっていく。体をばらばらにすることにしたが、手違いが生じ、モル・デ・ラ・フスタの屋台を二軒、解体してしまう。私たちは警察署に連行される。

十三日

Día 13

○八・○○　警察署長殿の前に連れられていった。署長が知らせたところによれば、私の呑み仲間たちからは私がぐっすり寝ている間に調書を取り終えたが、全員の証言が一致して、このたびの騒乱の原因はひとえに私にあるとしているとのこと。そのように自身の無罪を証明した彼らは皆、釈放された。今ごろ私のことなど忘れて、また居酒屋に集っていることだろう。誰も守ってくれないと強く感じ、その瞬間、望んだわけでも意図したわけでもないのに、私はパキリン〔有名な歌手と闘牛士の間の子。当時は二歳〕に姿を変えた。署長は私を叱ってから外に出してくれた。ああ恥ずかしい！　頭が痛い！

○八・四五　宇宙船に戻る。留守電にはメッセージはひとつもない。エネルギーを充塡。パジャマ。

一三・〇〇　今し方目が覚めた。気が楽になっている。つましい朝食。昼食は今日はいい。『ヴァカンスのトントリーナ』と『寄宿学校のトントリーナ』、それに『トントリーナ、社交界にデビューする』を一気に読んだ。

一五・〇〇　停電。宇宙船のジェネレーターに不具合がある。機械室に行って故障箇所を確かめようとする。ボタンを押したりレバーを引いたりしたらたまたま故障が直ることもあるのではないかと思ってやってみる。私はメカに関しては何ひとつわからないのだ。グルブが操作し、場合によってはこのクソを修理したりしていたのだ。見回っているうちに数箇所、水漏れを発見する。それを別紙に書き記す。

一六・〇〇　きっと触れてはならない場所に触れたのだろう。宇宙船内に耐えがたい臭気が充満した。外に出てみて気づいた。間違ってタービンを逆向きに作動させてしまっていたのだ。こうなったら、タービンはもうカドミウムとプルトニウムを分解してできるエネルギーを外に放出する器具ではなく、街の人々の下水を飲み込むものになってしまっている。

一六・一〇　山本五十六元帥の見た目（と勇気）をまとい、バケツを使って宇宙船から下水を排出しようと試みる。

一六・一五　あきらめる。

一六・一七　宇宙船を退去することにする。留守の間にグルブが戻って来ようという気になるといけないので、以下のメモをドアに挟むことにする。グルブ、しばらく宇宙船を出ていくことになった（名誉ある撤退だ）。戻って来たのなら、どこに行けば会えるか、地元のバルに言づてしていってもらえまいか（ホアキンさんかメルセデスさんに）。

一六・四〇　地元のバルに人間の姿になって現れる。メルセデスさんに（ホアキンさんは昼寝中だった）、どんな見た目をしているかはわからないし、下手をするとまったく外見を持たないかもしれないのだが、ともかく、ある存在が来て私の所在を訊ねたら、言づてをあずかるようにとお願いする。何かあったらすぐにかけつけるから、と。これで最善は尽くした。

一七・二三　カタルーニャ公営鉄道という名の公共輸送機関で市街地に出る。他の生物（例えば青虫）はいつも一定の方法で移動するのだが、それとは異なり人間は、多種多様な機動手段を利用する。いずれも遅さや不快さ、悪臭などの度合いを張り合っているが、悪臭にかけては徒歩や一部のタクシーが常に勝ることになるようだ。地下鉄と呼ばれる害悪は喫煙者がいちばん利用する。バスに乗る連中はたいがい年齢の高い人たちで、とんぼ返りするのが好きだ。もっと遠く離れた場所に行くのには飛行機という名のものが存在する。これはチューブ内の圧縮空気を外に吐き出しながらプロペラを回す一種のバスだ。そんな風にして大気圏の低層地帯にまで達する。そこまで行くとあとは聖人の力を借りて自らの身を支える。聖人の名は胴体に書いてある（アビラの聖女テレサとかイグナチウス・デ・ロヨラとか）。長旅になると、飛行機の乗客は靴を脱いでやり過ごす。

一八・三〇　夜を過ごす場所を探さなければならない。昨日のような激しい雨が降らないという保証はないからだ。あるいはあられが降るかもしれない。一方、空は快晴であっても、これまでの街中での経験からいうと、厳密に必要な時間以上そこに留まることは、あらゆる点から勧められない。

一九・三〇　一時間もの間、ホテルからホテルへと回っている。街中探しているが空いた部屋がひとつもない。教えられたところによると、〈赤ピーマンの肉詰めの新たな調理法についてのシンポジウム〉が開催中で、各国のその道の専門家たちが駆けつけたのだという。

二〇・三〇　もう一時間探し、心づけを渡すということをやってみたら、風呂つきの部屋が空いていると言われた。窓の外でちょっとした工事をやっているとのこと。メガフォンを使いながら受付係が言うには、夜もきっと穴を掘ったりものを壊したりする音に邪魔されるだろうとのこと。

二一・三〇　ホテル近くのある店でハンバーガーを注文して消化する。ハンバーガーというのは様々な動物に由来する断片を混ぜたものだ。ざっと分析してみてわかったのは、農耕牛、ロバ、ヒトコブラクダ、象（インド象とアフリカ象）、マンドリル、ヌー、メガテリウム〔ナマケモノの先祖とされる動物〕などだ。また、わずかな割合ながら、アブとトンボ、バドミントンのラケット半分、ナット二本、コルク、それに砂利も少々混ざっていた。夕食のお伴にスミフォトの大瓶を飲む。

二二・二〇　散歩がてらホテルに戻る。夜は暖かく芳しい。気温、摂氏二十一度。相対湿度、六十三パーセント。やさしい微風。海は凪いでいる。誰かと呑みたいと思い、ホテルのバーに入る。バーにいたのはバーテンダーだけで、彼はシェーカーをガラガラ鳴らしては中のものを吐き出していた。鍵を出してもらい、部屋に引き揚げた。

二三・三〇　パジャマに着替える。しばらくの間、自治州のテレビを見る。

二二・五〇　ベッドに入る。ソポンシオ・ベユードさんの回想録『アルバセーテ土地登記簿での四十年』を読む。

二四・〇〇　公道での工事の音が止む。祈りを唱え、電気を消す。まだグルブからの知らせはない。

〇二・二七　それとわかる原因もないのだが、ミニバーが破裂する。半時間も小瓶を拾い集める。

〇三・〇一　公道での工事の影響でガス漏れが生じる。ホテルの客は非常階段から避難する。

〇四・〇〇　故障は修理され、ホテルの宿泊客はそれぞれの部屋に戻る。

〇四・五三　ホテルの厨房で火事がある。ホテルの客は主要階段から避難する。非常階段は火につつまれているのだ。

○五・一九　消防隊が出動してくる。あっという間に火を消す。ホテルの宿泊客はそれぞれの部屋に戻る。

○六・○○　掘削機が動き始める。

○六・○五　ホテルの代金を精算し、部屋を空ける。空いた部屋にはすぐに、夜の間露天で過ごした食品の行商人が入った。彼の会社は骨なし鶏を育てることに成功したと教えてくれた。おかげで食卓に上るとそれは大いに賞賛されるのだが、生きている間はいささか動きがぎこちないとのこと。

十四日

Día 14

〇七・〇〇　メルセデスさんとホアキンさんのバルに人間の姿になって現れると、メルセデスさんが金属のブラインドを上げていた。前夜ホアキンさんが床を掃き掃除するためにテーブルの上に乗せた椅子をおろすのを手伝う。誰も私を訪ねては来なかったとのこと。ぜひとも引き続き注意していただきたいとお願いする。ナスの卵とじ（好物だ）を作ってくれたので、トマトのせパン二きれとビール一杯とともに食しながら朝刊に目を通す。どうやらイタリア戦に向けての代表選手が決まったようだ。スビサレータ、チェンド、アルコルタ、サンチス、ラファ・パス、ビリャローヤ、ミチェル、マルティン・バスケス、ロベルト・サリーナス、ブトゥラゲーニョ、バケーロの面々。たいしたチームだ！　アパートを借りようかと思って広告を仔細に読む。ロクなものはない。買った方がマシだ。

〇九・三〇　ある不動産店に姿を現す。好印象を与えたくてケント公爵夫妻の姿を採用する。ある部屋に連れていかれると、そこには順番を待つ者が何人かいた。

〇九・五〇　『オラ！』誌でボードワン一世とかいう人物とファビオーラという女性との結婚についてのたっぷりとした記事を読む。だいぶ前の号だと理解する。

一〇・〇〇　部屋の中に女性がひとり入ってきて、私たちを三つのグループに分けた。a）居住目的でアパートを買うつもりの人たち。b）黒い金を白くする目的でアパートを買いたがっている人たち。c）オリンピック村のアパートを買う予定の人たち。乳飲み子を連れた夫婦と私がaグループになる。

一〇・一五　私たちaグループのメンバーはつましい部屋に通される。テーブルに座った白ひげの紳士の表情からは誠実さがにじみ出ている。いい物件に巡り会うのは難しいと説明を受ける。需要過多だったり供給過多だったりと。だから幻想は抱かないでもらいたいとのこと。くれぐれも安かろう悪かろうといった類の間違った観念は捨てて欲しいと言われる。人生とは地位の高い者たちの涙の谷に過ぎないのだとも言い聞かされる。お説教を垂れている最中につけひげが剝《は》がれたので、彼はそれをゴミ箱に放る。

一一・二五　買ったばかりのアパートに行ってみる。悪くない。台所と浴室を作らなければならないが、心配はしていない。私は料理はできないし、決して風呂には入らないからだ。寝室に作りつけの大きなクローゼットがあったので、喜ぶ。クローゼットの中に入ってみると、それが動き出す。なんだ、がっかり。家具用のエレベータだ。

一四・五〇　居住許可書を手に入れる。水道とガス、電気、電話の加入手続きをし、火災保険と盗難保険に入る。固定資産税を払う。

一六・三〇　ベッドを一台、折りたたみ式ベッド（来客用）も一台、応接セット一式、食器戸棚、テーブル、椅子を買う。気温は摂氏二十一度。相対湿度、六十パーセント。風は穏やか。

海はさざ波だっている。

一七・五八　食器一式を買う。

一八・二〇　部屋着とレースのカーテンを買う。

一九・〇〇　掃除機、電子レンジ、スチーム・アイロン、トースター、フライヤー、ドライヤーを買う。

一九・三〇　洗剤、柔軟剤、研磨剤、ガラス洗剤、箒《ほうき》、モップ、スポンジ、ふきんを買う。

二〇・三〇　居住開始。ピザとスミフォトのファミリーサイズをひと瓶取り寄せる。パジャマを着る。

二一・三〇　（今日一日限り）いつもの読書をやめることにして、ベッドに入ると、人類の間で多大なる名声をほしいままにしているあるイギリス人女性作家の探偵小説を読む。小説のあらすじはいたって単純だ。ある人物、話をわかりやすくするためにAとしておこう、それが死体となって現れる。もうひとりの人物、Bだが、この人物が誰がなぜAを殺したのか言い当てようとする。論理性をまったく欠いた作戦（事件を解決するにはまず、3(x2-r)n+0の公式を当てはめてみれば、それでよかったのではないか）を続けざまに遂行したあげく、Bは殺したのはCだと断言する（間違いだが）。そこでめでたしめでたし、となって本は終わる。Cまでもがめでたいと言う。ところで執事とは何なのかがわからない。

〇一・三〇　お祈りを済ませて寝る準備をする。まだグルブは何も言ってこない。

〇四・一七　目が覚め、すっかり眠れなくなる。起き上がり、新しいアパートの中を歩きまわる。何かが足りない。でもそれが何なのかがわからない。

〇五・四〇　疲れには勝てず、私を悩ませている謎がまだ解けていないのに、再び寝入る。

〇六・一一　突然目覚める。アパートが本当の家庭になるためには何が欠けているのか、わかったのだ。しかし、私と人生を共にしようなどという女性に出会うことがあるのだろうか？

十五日

Día 15

〇七・〇〇　メルセデスさんがバルの金属製のブラインドを上げ、コーヒーメーカーのスイッチを入れるのを手伝う。ホアキンさんは高いびきだ。メルセデスさんは彼を口汚く罵《ののし》る。ホアキンさんをねぼすけと呼び、私のような早起きで働き者、責任感ある者との違いといったらどうだ、と言う。私が恋人を作るのは難しいだろうかと意見を求めてみる。真面目に欲しがっているのか、それとも暇つぶしの相手が欲しいのかと訊いてくる。私は真剣なのだと反論する。それならば、恋人になりたいという人は多いだろうと言ってくれる。状況は厳しいということも忘れないようにと念を押された。話題を変えるために、私に何らかの連絡が来ていないかと訊ねたところ、来ているとの返答。グルブからの知らせだろうか？

〇九・一五　メルセデスさんがナスの卵とじとビール、それに文字化されたメッセージを運んでくる。がっかりだ。グルブからの知らせではなく、宇宙調査委員会からのものだった。アンタ－レス座にあるＡＦドッキング・ステーション発になっている。メッセージは後で読むことにして、卵を平らげ、ビールを飲みほす。

〇九・三〇　軽いげっぷひとつ。

〇九・三五　男性用化粧室に閉じ籠もり、メッセージをじっくりと解読する。

〇九・五五　メッセージの解読にいささか手こずる。客がひとり、漏れそうだと言ってドアを激しくノックする。

一〇・四〇　メッセージの解読が終わる。委員会はなぜルイス・スアレス監督がルイス・ミリャを代表に選ばなかったのか知りたいのだとのこと。道具がないと返事の送りようがない。道具は宇宙船に置いたままだ。

一一・〇〇　地下鉄で帰宅。道中、乗り降りする女の子たちを眺めていた。これだけたくさんいるので、どの子を眺めるのか簡単に決められない。ひとりだけ見るということは、他の子たちを見ないということだからだ。私は好みの幅が広いのだ。

一三・〇〇　午後いっぱいかけてこの問題について考えてみることにする。

一五・〇〇　考えを整理するため、困難を三つのグループもしくは項目に分ける。a）生物学的困難、b）心理的困難、c）実践上の困難。いずれも救いようがなく思われる。

一五・三〇　いくつかの問題をわかりやすく特定してみる。人類の再生産器官は二つに分かれている。それぞれ上室と下室だ。上院と下院とも。下院には付属物というか、肉茎がぶらさがっていて、これをポンス〔フェリックス・ポンス。一九四三ー、スペインの政治家。元下院議員〕と言う。

一七・〇五　売店に下りて行き、『プレイボーイ』のカレンダーを手に入れる。『プレイボーイ』のカレンダーをジャケットの中に隠して部屋に戻る。

一七・一五　『プレイボーイ』のカレンダーに出てくる若い女性たちの体の造りは独特で、これならば九万気圧の圧力にも耐えられるのではないかと思う。

一九・〇〇　この事柄に関するいくつかの問題点について、午後、かなりの時間を使って資料収集した。質問。紳士が淑女に敬意を払わねばならないのはどんなときか？　答え。その人に優れた人徳が認められるときや社会的に立派な人であるとき、上品な身なりをし、清潔感あふれる人であるとき。それ以外の場合には、暴力に訴えるという選択肢もある。他にも、以下のことは覚えておかなければならない。葬式に花を送らなければならない場合と送ってはならない場合はいつか？　親しい口調で話しかけてもいいのか？　帽子と手袋、ステッキ。聖水盤の前に立ったらしばしお行儀良く。バゲットサンド、カナッペ、プチフール。お行儀を！

二〇・〇〇　鏡の前に立っていくつか姿を変えて試してみる。女性たちにはぱっと見で気に入られなければならない。第一印象が何より大切だ。マヌエル・オランテス〔スペインのテニス選手〕、ビリアート〔古代ローマに抗戦したヒスパニヤの英雄〕、ジョルジョ・アルマーニ、アイゼンハワー。

二〇・三〇　頭を空にするために散歩することにする。気温、摂氏十八度。相対湿度六十五パーセント。適度なそよ風。海は凪いでいる。

二〇・五五　地球上でバルセローナほど様々な文化的機会を差し出していることを誇れる都市はあまりない。残念なことに、それぞれの催し物の時間は必ずしも市民の都合に合うわけではないが。たとえば、シャチのウリセスは午前中のある時間にしかショーを披露しない、などだ。幸い、足の向くままランブラス大通りに出向いてみると、リセオ劇場のオペラの開演時間が迫っていた。

二三・三〇　リセオは間違いなくスペイン一の劇場《コリセオ》だし、ヨーロッパでも一、二位を争う。しかしながら、慢性的な財政危機にあるために、しばしばそこで開かれる音楽イベントの質は落ちてしまう。手渡されたプログラムによれば、今夜もギャランティー不足からオーケストラと合唱は参加できなかったとのこと。その代わりを大学工学部の器楽サークルの者たちが務めたのだが、おかげで『ポリス・ゴドゥノフ』は残念なできになった。

二四・〇〇　帰宅。いまだグルブからの知らせなし。パジャマ、歯磨き、お祈り唱えて、さあ寝よう。

十六日
Día 16

○七・○○　ホアキンさんを手伝い、ブラインドを上げ、椅子を並べる。カウンターに等間隔に紙ナプキンの箱とストローがぎっしり詰まった半透明の筒を置く。ストローは器具の上端に空いた穴から取り出すことができるが、手こずることもある。働きながらメルセデスさんのことが気になる。いつもの場所にいないので不思議に思う。ホアキンさんが教えてくれたところによれば、彼の妻、というのが別名メルセデスさんだが、妻は昨夜、具合が悪かったので、今朝早く病院に行ったのだとのこと。また石ができたのじゃないかと心配していると。早く完全に良くなるようにと願う。今日はナスの卵とじではなく、トマトのせパンとソーセージをいただく。質問する。私宛のメッセージは来ているか？　いや、私宛のメッセージはない。

○九・○○　新聞を捲り、三々五々やってくる客とそれについて話し合う。皆サロー＝ビラセカのテーマパークの問題が気になっているようだ。ある程度の年齢の客が、悲しくも有名なダンツィヒのポーランド回廊とそれに続いて起こった出来事の思い出を語る。核兵器が存在するからこそ、両陣営の態度が一触即発の状態になっても紛争に突入しないでいられるのだと意見する者がいる。他の意見も見られる。人は実に獰猛《どうもう》だというのだ。また別な意見。武器を持つ者は悪魔だと。有益な意見もいただいた。銀細工職人の金敷《かなしき》は、タス。カナリア諸島の音楽は、イサ。

〇九・一〇　メルセデスさんがタクシーにて到着。顔面蒼白だが、微笑んでいる。明日レントゲンの結果を聞きに行くことになっていて、それを見るまでは当面は心配要らないとのこと。たぶん、石というよりは砂粒程度だろうと。皿洗いを始めようとしたので、皆で思いとどまらせた。休んだ方がいい。ただひたすら休むのだ。私がエプロンをして皿とカップやグラスを洗うことにする。二枚割る。

一〇・〇〇　バルセローナ市街地に戻る。つくづくと思うのだが、地下鉄の中の女の子たちはたいそう魅力的だ。何人かに声をかけようと思うのだが、控えることにする。厚かましい男だと思われたくない。

一一・〇〇　オリンピック会場、国立宮殿、第二ベルト自動車道などの工事現場を訪れる。一部世論には不快を表明するものがあることが見て取れる。というのも、それらの言うことには、当初の予算の見積もりをはるかにしのぐ支出になるだろうからだ。さりとて収入はそうはならない。人類はその数式に時間の要素を導入することをまだ知るにいたっていないので、どれだけ数を唱えたところで、何の役にも立たない。その要素についての意識を持っていれば、誤《ご》謬《びゅう》を訂正するのはずいぶんと楽になるのだが。ところが現時点では、彼らは次のような初歩的な問題を理解することができない。梨一個三ペセータのとき、三六二八年には梨三個いくらになるか？　答えは九八七三六五四〇九五八七六三五二九四七三六四八九ペセータ。いずれにしろ、オリンピック関連の工事の場合は、議論は興味を欠く。というのも、二〇〇〇年までには各国中央銀行は金本位制を放棄し、金の代わりに〈エルゴリアーガ〉製チョコレートを採用しているだろうからだ。ミルク入り、ミルクなし、ヘーゼルナッツ入りの三タイプだ。

一五・〇〇　バルセロネータ〔バルセローナの港湾地区。シーフード・レストランなどが軒を連ねる〕で魚フライを。ウィスキーがけケーキとコーヒー、酒、それに葉巻。それから帰宅。胃薬。

一九・三〇　昼寝から目覚めるとちょうどいい時間だったので、ＴＶ２でバスケットボールの準決勝を見る。バルサは緊張しすぎでへまばかりしていたが、終了間際にごく僅差で勝つ。神に感謝のポーズ。気温、摂氏二十二度。快晴。相対湿度、七十五パーセント。柔らかな南風。海は凪ぎ。

二三・〇〇　外出してバル巡り。探りを入れるつもりだ。チャンスが訪れたら逃しはすまい。出る前に闘牛士フラスクエロ二世の外見になる。闘いがお望みとあらば、かかってこい。

二三・三〇　ボナノーバ区の流行のバル——ＦＡＤインテリアデザイン賞受賞——でラムのコーラ割り。女の子の数は少ない。しかも連れと一緒だ。

〇〇・〇〇　エンサンチェ区の流行のバル――ＦＡＤインテリアデザイン賞受賞――でラムのコーラ割り。かなりの数の女の子がいるが、皆連れと一緒だ。

〇〇・三〇　ラバル区の流行のバル――ＦＡＤインテリアデザイン賞受賞（同点で受賞）――でラムのコーラ割り。女の子はたくさんいる。皆連れと一緒だ。

〇一・〇〇　プエブロ・ヌエボ区の流行のバル――ＦＡＤ都市空間修復賞受賞――でラムのコーラ割り。女の子はひとりもいない。場所を間違えたようだ。

〇一・三〇　サンツ区の流行のバル――ＦＡＤインテリアデザイン賞候補――でラムのコーラ割り。連れのいない女の子たちもいるが、よく殴るタイプだ。

〇二・〇〇　オスピタレットの流行のバル――受賞歴なし――でラムのコーラ割り。連れのいない女の子がたくさん。いい雰囲気。音楽は生演奏。壇上にのぼるとマイクを取り上げて歌う。歌詞は自分で作った。曲も即興だ。こんな歌だ。

仲良くやろうぜ、おやじ
仲良くやろうぜ、おやじ
仲良くやろうぜ、おやじ
仲良くやろうぜ、おやじ
仲良くやろうぜ、おやじ
仲良くやりたいかい
仲良くやろうぜ、おやじ
（繰り返し）
仲良くやろうぜ、おやじ
仲良くやろうぜ、おやじ（等々）

気に入られたと直感したので、何度か繰り返して歌う。がっしりした体格の人物が二、三人壇上に来て、私にその場を離れようと誘う。この一週間で二度もポリに会っているので、誘いを受けることにする。

○四・二一　ウルキナオーナ広場の花壇に嘔吐《おうと》する。

○四・二六　カタルーニャ広場の花壇に嘔吐する。

○四・三二　ウニベルシタット広場の花壇に嘔吐する。

○四・四〇　ムンタネール通りとアラゴン通り交差点の歩道に嘔吐する。

○四・五〇　タクシーを停める。家まで連れて行くように頼む。タクシーの中に嘔吐する。

十七日
Día 17

一一・三〇　自宅のベッドで目覚める。ここまでどうやってたどり着いたのだろうか。まだ闘牛士の衣裳を着ている。ただし、帽子と短剣がなくなっている。記憶が確かなら戦利品の牛の耳をひとつもらったはずだが、それもない。起き上がろうとするが、できない。頭が痛いのは言うまでもない。だらだらと寝転がっていることにする。いずれにしろ、今日は日曜日だし、メルセデスさんとホアキンさんのバルは閉まっているはずだ。まだグルブは何も言ってこない。

一四・〇〇　服を着て散歩に出る。暑く、道行く人も少ない。家族連れの多くは田舎で週末を過ごしに出かけている。第二の住居に行くのだ。どこもかしこもびしっと閉まっている。商店はもちろんのこと、バルも、そしてレストランも。私にはどうでもいいことだ。胃がこんな調子だから、何も食べることなどできない。

一四・二〇　週日には何ひとつ売れないようなスポーツ用品店が開いている。きっと週日に売れないから日曜日も開けているのだろう。自転車をレンタルしている。一台借りることにする。考え方としてはとても単純な器具だが、運転するとなるとひどく込み入っている。二本の脚を同時に使わなければならないのだ。歩く場合とは大違いだ。歩くときには一本の脚が前に出ているときにはもう一本は休んでいられる。この行為もしくは行為の断片（見方による）はいい歩みと名づけられている。歩くときに左足を右足の右側に置き、その次に右足を左足の左側に置き、という具合にして歩くと、それは優雅な歩みとなる。

一五・〇〇　街路には際立った坂道があるので、自転車で走るときにはふたつの異なる動きをすることになる。a）下り、b）上り。最初の動き（下り）は楽しい。二番目の動き（上り）は拷問だ。幸い、自転車のハンドルの両側にはそれぞれブレーキがついている。ブレーキを作動させると自転車が下りで速度を増したり加速度がついたりするのを防いでくれる。上りでは、ブレーキのおかげで自転車は後進しないでいられる。
一七・三〇　自転車を返す。体を動かしたので食欲が出てきた。チューロ屋を見つけたので、チューロ一キロ、ブニュエロ一・五キロ、ペスティーニョ三キロを食べる〔いずれも揚げ菓子〕。
一八・〇〇　道ばたのベンチに座り、食べたものを消化する。交通量はそれまでないに等しかったのだが、急に増え始める。こんなことになるのは皆が市街地に戻りつつあるからだ。市街地方面行きの道路では交通渋滞が発生する。これは時々大渋滞の段階にまで達することがある。渋滞のうち、とりわけ大渋滞と名づけられるもののうちには、翌週末まで続くものもある。したがって、不運な人々（その家族全員）などは田舎から渋滞に向かい、渋滞から田舎に戻るという行きつ戻りつを繰り返し、ついぞ一生居住する都市の地を踏めないことがある。そうなると家計は縮小するし、子供の教育もままならなくなる。
　交通量はこの都市の最大の問題のひとつだし、ここの市長、別名をマラガルという人の一番の悩みの種でもある。この人物は折に触れ、代わりに自転車を使おうと呼びかけているし、新聞にはまさにその自転車に乗っている姿を載せたりもしているが、本当のことを言えば、あまり遠くまで行っているようには見えない。街がもっと平坦だったら、おそらく人はもっと自転車を利用するだろうけれども、これは言ってもしかたないことだ。何もかもすっかり出来上がった街だからだ。別の解決策があるとすれば、こういうことだろう。市役所が市内の高い場所に歩行者用の自転車を用意する。それを利用して歩行者は中心街に短時間で、ほとんどペダルをこぐこともなしに移動する。一旦市街地に乗り捨てられた自転車は、市役所（もしくは、この場合、代行業者でもいい）が回収してトラックに積み、高い場所に戻す。こうすると比較的安上がりになるはずだ。必要なことといったら、せいぜい低地部に網かマットを用意して、運転に慣れない者や向こう見ずな連中が下り坂の効果で海に落ちてしまわないようにすることくらいだろう。もちろん、中心街におりた人々がどうやって高い場所に戻るのかという問題が未解決のままではある。けれどもそれは市役所が考えるべきものではない。市民の側からの発案を阻むのは市役所（でも他のどの機関でも）の仕事ではないからだ。こんなことも思いつく。葉巻の銘柄帯を押さえると火がつくという化学物質と発火装置。気温、摂氏二十一度。相対湿度七十五パーセント。ほどよい風。海は凪いでいる。

一九・一〇　帰宅。玄関に息子を連れた三〇一号室の女性がいた。車を二列駐車にしたまま袋や包みをおろしている。息子はまだ小さすぎるので母親を手助けすることもできず、小さな鼻をほじりながら歩道で突っ立っている。女性はショートパンツとぴったりとしたTシャツを着ている。どちらも目の保養になる。

一九・一五　しばらく木の陰に隠れて女性を眺めていると、自分が情けなくなってくる。それで、袋と包みをおろして運ぶのを手伝おうと申し出る。彼女は私の申し出を断る。毎週末こうした厄介を繰り返しているので、慣れっこだと言ってくる。それでも言い張ると、ソーセージ類がいっぱいに詰まったレジ袋を持っていいと言ってくれる。彼女が手ずから作ったものかと訊ねる。答え、そうではない。ビスバルに家があって、その近くの村で買ったのだ。質問、それならなぜここまで来て食べるのか？　答え、質問の意味がわからない。

一九・二五　車から袋と包みをおろしてエレベータへ運び込み、エレベータで上へ行く。近くに立っているこの機を利用して、女性の体のサイズを目測してみる。女性の身長（起立時）、百七十三センチメートル。毛の長さは最長（後頭部）四十七センチメートル。最短（唇の上部）〇・〇〇二センチメートル。肘から爪（親指）までの距離、四十センチメートル。左の肘から右の肘までの距離、三十六センチメートル（気をつけの姿勢）、百二十六センチメートル（手を腰に当てた姿勢）。

一九・二六　エレベータから袋と包みを取り出し、三階の踊り場もしくは台状の場所に置く。女性は力を貸してくれてありがとうと言う。加えて、寄っていくように言いたいところだが子供がくたくただ、とも。急いで風呂に入れ、夕食を摂らせ、寝かしつけなければならない。明日は学校があるからだ。私は、どうぞおかまいなく、と言う。同じ地所に住んでいるのだから、また会うこともあろう、と。女性はあなたのことは管理人から聞いて知っている、と言う。ひょっとして私の自堕落な生活習慣のことも知られているのだろうか？

二〇・〇〇　三階の女性と話し込んでしまい、間一髪で八時のミサに間に合う。長いけれども非常に興味深い説教。汝らを騙《だま》す者を信頼するな。騙さない者を信頼せよ。

二一・三〇　チューロ屋に行くと鍵をかけるところだった。あるものすべてを買う。

二二・〇〇　テレビを見ながら買ってきたものを残さず平らげる。今はっきりとわかる。私は三〇一の女性が好きだ。時に人は遠くを見すぎて、近くにあるものに気づかない。宇宙旅行をする者にもしばしばそういうことがある。

二三・〇〇　パジャマ、歯磨き。ところでオートバイを買ったらどうだろう？

二三・一五　『スペインにおける美容店の半世紀』第一巻（共和制から内戦へ）を読む。

〇〇・三〇　お祈り。まだグルブからは連絡がない。

十八日

Día 18

〇七・〇〇　メルセデスさんとホアキンさんのバルに人間の姿になって現れると、ふたりともそこにいた。ふたりとはつまり、メルセデスさんとホアキンさんだが、彼らはブラインドを下げていた。こうした習慣の変化は何によるものか？　もしくはこうした習慣の転換は何によるものか？　説明は以下のとおり。メルセデスさんが具合が悪いままひと晩過ごしたので、今度はホアキンさんの付き添いで病院にいって診てもらうことにした。そうした訳で店を閉めなければならない。ホアキンさんとしてみれば眉をひそめるところではあるが。彼らが戻るまで私が店番をしようと申し出る。ホアキンさんとメルセデスさんは拒否する。どうぞおかまいなく、と言う。遠慮なさらずに、むしろそうしたいのだと言って説き伏せる。

〇七・一二　バルで一番使われる装置の操作法を手短に教えてくれたホアキンさんとメルセデ

スさんは、セアット社の車イビサに乗る。車は出発する。

〇七・一九　店の中を歩きまわり、器具をチェックする。たぶんどの器具も上手く使いこなせると思うのだが、ひとつだけ、とても複雑で使いこなす自信のないものがある。名前を水道という。

〇七・二一　湯が沸くまで客を待たせないようにコーヒーメーカーをセットする。

〇七・四〇　小さいバゲットサンドを形も揃えながら作っていくのだが、作る端からそれをガツガツむさぼっていく。

〇七・五六　カウンターショーケースの上をゴキブリが歩いている。ヨークハムで叩き潰そうとするが、カウンターと流しの間の隙間に逃げ込む。そこから触覚で私を愚弄《ぐろう》してくる。目にもの見せてやる。殺虫剤〈クカル〉を大量に撒《ま》く。

〇八・〇五　ビールを入れるジョッキがどこを探しても見あたらない。サーバーのノズルに口を当ててビールを飲む。毛穴という毛穴から泡が出てくる。泡まみれで真っ白だ。

〇八・二〇　最初の客が来る。簡単なものを注文してくれますように。

〇八・二一　最初の客が私に向かってこんにちはと言う。私も同じ言葉を返す。頭の中でコーヒーメーカーと冷蔵庫、それにクロワッサンにもこんにちはと言いなさいと伝える。最初の客は丁寧に挨拶を返され、びっくりして喜んでいる。

〇八・二四　最初の客はカフェオレを注文する。コーヒーメーカーがまだ温まってないことに気づいてゾッとする。製造過程でなんらかのミスが生じたのだろうか、それとも私がボタンかプラグのどれかを作用させ忘れたのだろうか。最初の客は注文の品を消費しないうちは立ち去らないだろうとの見込みが得られたので、コーヒーメーカーのプラグを鼻の穴に突っこみ、そこから私の蓄えているエネルギーを一部転送することにする。コーヒーメーカーは出力過多で壊れたが、ひどく美味いコーヒーができる。

○八・三五　最初の客にカフェオレを出す。緊張して半分こぼしてしまう。鼻から電源コードをさげたままになっていて、ミルクの代わりに〈クカル〉をコーヒーに入れてしまったことに気づく（遅すぎたが）。気温、摂氏二十一度。相対湿度、五十パーセント。北東からの緩やかな風。海にはさざ波が立っている。

一一・二五　天井から卵二十二個で作ったトルティーリャを引き剝がそうとしているところへ、ホアキンさんが戻る。あちらがいろいろな器具の故障に気づく前に、こちらから修理代は私のポケットマネーで出すと持ちかける。直すものはコーヒーメーカーに冷蔵庫、食器洗い機、テレビ、ライト、椅子だ。元気づけて差し上げるために、今朝は客がたくさん来たと伝える。レジスターを彼は出かける前に空にしたのだが、今ではそこには八ペセータ入っている。ひょっとしたらおつりを間違えて渡したかもしれない。私はびくびくだったが、ホアキンさんはあまり関心を示さない。私の話には興味がないかのようだ。私がはしごなしで天井にいることにすら驚きをみせない。その時私は、彼がひとりでバルに戻って来たことに気づく。つまりメルセデスさんがいないのだ。何があったのだろう。

一一・三五　ホアキンさんは眉をひそめ、メルセデスさんが入院したと伝える。明日、すぐにも手術が必要だ。どうやら厄介なものがみつかり、緊急な処置が必要になったようだ。そんな話をしながら、ふたりでバルを閉めにかかる。

一一・五五　地下鉄に乗って街中に戻る。地下鉄に乗っている女の子たちは誰もがひどくすてきなのだが、私は彼女たちに目を留めることができない。とても心配なのだ。

一二・二〇　昼食までの間、中心街の宅地で行われている工事をいくつか調べて時間を潰す。どうやら建物を上よりも下に伸ばすことが流行のようだ。地上五、六階建てのビルの地下が十階、十五階まである。たいていコイン・パーキングか月極専用駐車場になっている。駐車場のふたつの様態のうち後者、すなわち月極という名のものの方がだいぶ値段が高い。多くの裕福な家庭が考えるだに恐ろしい二者択一に直面することになる。子供をアメリカ合衆国の大学に留学させるか、それとも月極駐車場代を払って車を持つか。ちょっと前にはこんなことはなかった。自動車が存在しなかったころは、ということだ。ましてや自動車もアメリカ合衆国も存在しなかったころは。そんな昔、建物の地下といえばせいぜい一階しかなくて、それを地下室と呼んでいたのだが、その用途は酒蔵や食料貯蔵庫、それに地下牢だった。

しかしながら、ずっと昔からそうだったわけではない。ずっと昔、地球上の古文書館どこを探しても記録が残っていないような時代には、住居はことごとく地下に作られていた。それを作った原始人たちは、その際、建設性の動物を真似た。モグラやウサギ、アナグマ、それに（当時の）カモなどだ。そんな動物たちでも、どれひとつとしてレンガを積みあげることはできなかったので、まだ自然以外に見習うべきものを持たなかった人間も、そうしようとは思いつかなかった。そのころは地上に一センチも姿を見せない都市というのもあった。地下に何もかもあったのだ。家も通りも、広場も、劇場も、そして寺院も。あまりにも有名なバビロニア（といっても、記録や歴史書に出てくるあれではなく、そのひとつ前のもので、今日チューリッヒのあるあたりにあったもの）は完全な地下都市だった。名高い空中庭園も地下にあった。建築家にして造園家のアブンディオ・グリーンサムが考案し、実現したもので、彼は木々や植物を下向きに育てることに成功したのだ。

一四・〇〇　昨日までチューロ屋があったところに来てみたら、なくなっている。どうしたのだろう。道行く人に訊ね回ってみつける。つまりチューロ屋というのは、トレーラーハウスで営業している屋台だったのだ。トレーラーハウスの側面の壁が蝶番《ちょうつがい》で開くようになっていて、それがカウンターに早変わりする。トレーラーハウスの中には間仕切り壁があって、その向こうは正真正銘のチューロ屋だ。こうすることによってこの店のオーナーは売上が期待できそうな、あるいは期待できそうだと彼が思う場所にチューロ屋を設置することができるわけだ（役所の許可を得て）。そんなわけで、平日の朝早い時間にはボナノーバ区の小高い場所で見かけることが多い。学校が密集している場所だから、贔屓《ひいき》にしてくれる客が見込めるのだ。生徒や生徒の付き添い、それに先生の集団だ。別の時間には別の場所に行く。たとえば、モデーロ刑務所の門の前だ。依頼人に会いに来た弁護士や、その依頼人の家族、その同じ依頼人を監視する看守、それに、なかにはそこからうまく逃げおおせた依頼人もいようから、その連中も買いに来る。あるいはまた大学病院救急搬入口前に店を構えることもある（衛生関係に従事する人々、軽いけが人、軽症の病人だが、重症患者に昇格したがっている者たち）。あるいはモヌメンタル闘牛場の前（観光客とイカレた闘牛士が客）。カタルーニャ音楽堂の前（バルセローナ市管弦楽団の管楽器奏者たち）。そんな具合に、次々と移動する。

一五・〇〇　帰宅。エレベータの扉に貼り紙があった。「停止中」。きっとエレベータのことを言っている。歩いて上がることにする。

一五・〇二　あの女性の部屋のドアの前を通りかかったので、立ち止まる。中から声が聞こえる。呼び鈴を解体して電気のケーブルを耳に入れ、聴く。彼女だ！　どうやら息子が野菜料理を飲み込むのを渋っているらしい。彼女は頼むから食べるようにとお願いし、食べないとスーパーマンみたいに大きくて強い人にはなれないと言い含める。そう言うだけでは足りないと思ったのか、五分以内にカリフラワーを全部口の中に入れないと、台所のスツールで歯を折ってしまうぞ、とつけ加える。他人の家の立ち入った事情にこんなしかたで踏み込んでいることが恥ずかしくなり、ケーブルを箱からぶら下がった状態にしたまま階段を上り続ける。

一五・一五　買ってきた十キロのチューロを平らげる。好き過ぎるあまり、最後の一本を食べ終わった後、その油が沁《し》みた包み紙まで食べてしまう。

一六・〇〇　ベッドに寝そべり、天井を見つめたまま——天井にはメロンぐらいの大きさの蜘《く》蛛《も》が何匹かぶら下がっている——、三階の女性のことを考える。脳味噌をどれだけふりしぼってみても（脳はないのだが）どうやって彼女に話しかければいいのか、思いつかない。ドアをノックして彼女を夕食に誘うのは賢明ではないし、タイミングの問題もある。たぶん、食事に誘う前にプレゼントをするべきなのだ。どんなことがあっても金をあげたりしてはならないが、万が一にも差し上げることになったとすれば、硬貨よりは銀行紙幣であげた方がいい。宝石をあげるとまるで婚約するみたいだ。香水はプレゼントとしては優雅だが、人による。プレゼント相手の趣味に合う匂いではないかもしれないというリスクがある。下剤や乳剤、きず薬、虫下し薬、リューマチの薬、その他の薬品は問題外。花や愛玩動物なら気に入るかもしれない。バラを一本にドーベルマンを二ダース贈ればいいだろうか。

一七・二〇　どんな贈り物をしたところで、彼女がそれをずうずうしいと受け取ったらどうしようという思いに襲われる。〈クカル〉で蜘蛛を一匹残らず退治する。

一七・四五　服が必要だ。街に出る。バミューダ・ショーツを数枚買う。これだと下からパイル地のトランクスの裾が出て、窮屈な印象を与えるかもしれない。けれども、本当のところ、パイル地トランクスなしではやっていけないのだ。私の代謝のあり方は人間の体にはうまく適合しないようだ。足はいつも冷たく、ふくらはぎも太腿もそうなのだが、そのくせ膝はぐつぐつ煮立っている。臀部《でんぶ》のどちらか一方も同じだ（もう一方はそうではない）。そんなふうにいろいろとちぐはぐなのだ。最悪なのは頭だ。たぶん絶えず知的作業に使っているからだろう。その温度は時々、摂氏百五十度を超えることがある。暑さを和らげるために、私は常にトップハットをかぶり、そこにガソリンスタンドで買った角氷を詰めている。けれども、残念なことに、この対処法はその場しのぎだ。氷はたちどころに液化し、その水が沸騰し、帽子は飛んで行ってしまう。その推進力たるやとてつもなく、最初に買った帽子のいくつかはまだ空の上を漂っているほどだ（今ではやり方を改良し、帽子のつばを頑丈なゴムでシャツの襟首に結びつけている）。半袖シャツも三着買った（コバルトブルー、黄色、ガーネット）。バックスキンのモカシンも一足。靴下なしで履くつもりだ。花柄の水着を買ったときには、きっとこれでどこのプールでも花形ですねと言われた。そうなりますように。

一九・〇〇　帰宅し、テレビの前で考え込む。私の下心を彼女に疑われずに話しかける計画を練る。鏡の前で予行演習。

二〇・三〇　彼女の部屋に行き、静かにドアをノックすると、彼女本人がドアを開けてくれる。こんな時間にご迷惑をおかけして申し訳ないと謝り、それから（嘘なのだが）料理している途中で米がひと粒もないことに気づいたと言う。米をひとカップばかり貸していただけるとありがたいのだが、とつけ加える。明日の朝、市場が開いたらすぐに（朝の五時に？）買って返すから、と。きっとそうするから、と。彼女は私に米を一杯差し出すと、明日であろうがいつであろうが米は返す必要はないと、困ったときはお互い様だ、ご近所ではないか、と言う。私は彼女にありがとうと言う。それでは、と挨拶をする。彼女はドアを閉める。私は階段を駆け上って自分の部屋に戻り、米をゴミ箱に捨てる。計画は私が前もって予測したよりはうまく行く。

二〇・三五　また彼女の部屋のドアをノックする。彼女が自らドアを開けてくれる。油を小さじ二杯いただきたいとお願いする。

二〇・三九　また彼女の部屋のドアをノックする。彼女が自らドアを開けてくれる。ニンニクひとかけいただきたいとお願いする。

二〇・四二　また彼女の部屋のドアをノックする。彼女が自らドアを開けてくれる。皮を剝《む》いた種なしトマトを四個いただきたいとお願いする。

二〇・四四　また彼女の部屋のドアをノックする。彼女が自らドアを開けてくれる。塩コショウ、パセリ、サフランをいただきたいとお願いする。

二〇・四六　また彼女の部屋のドアをノックする。彼女が自らドアを開けてくれる。アーティチョーク二百グラム（茹《ゆ》でたもの）と柔らかいエンドウ豆にインゲン豆をいただきたいとお願いする。

二〇・四七　また彼女の部屋のドアをノックする。彼女が自らドアを開けてくれる。殻を剥いたエビ五百グラムとアンコウ百グラム、生きたアサリ二百グラムをいただきたいとお願いする。彼女は私に二千ペセータ手渡し、これでレストランに行って食事しろと、もう放っておいてほしいと伝える。

二一・〇〇　がっかりし過ぎた私は、宅配をお願いしたチューロ十二キロを食べる気にもなれない。胃酸過多の薬、パジャマ、そして歯磨き。床につく前にありったけの大声で連禱《れんとう》を唱える。まだグルブからの連絡はない。

十九日

Día 19

〇七・〇〇　グルブがいなくなってから今日で一週間（十進法で言うと）になるが、近頃いろいろと不運に遭遇したこともあり、それだけの日数が経ったのかと思うと、ますますがっかりする。立ち直ろうとして昨夜食べ残したチューロを食べ、歯磨きもせずに外出する。

〇八・〇〇　大聖堂に人間の姿をまとって現れる。聖女リタにロウソクを捧げてグルブが無事に帰ってくるようにと祈願するつもりだ。けれども、祭壇に向かって歩いていると躓《つまず》いてしまい、ロウソクの火がそれを覆っている布に燃え移ってしまう。火はすぐに消し止められたが、回廊内にいた二羽のガチョウが焼き鳥になってしまうことは防げなかった。凶兆だ。

〇八・四〇　大聖堂を出てバルに入り、朝食（さっき食べたチューロは数に入れないことにする）にツナのオムレッツとモルシーリャ添え目玉焼きを二個、干し肉とザル貝を食べる。飲みものはビール（大ジョッキ一杯）。これだけ食べれば元気になるはずだったが、そんなことはぜんぜんなくて、食べものを飲み込んでいるうちにメルセデスさんのことを思い出してしまう。今ごろ医者の手当を受けているはずだ。上手い具合に危機を脱したらお礼参りにモンセラット山まで徒歩で行こう（体もバラバラにせずに、だ）。

〇九・〇〇　ランブラス大通りをぶらぶらと歩いて、いくつか横道に入ってみる。このあたりでは人もさまざまで、それを眺め渡せば、バルセローナが港を外れた場所でも海の港そのものなのだということがすぐにわかる。世界中の人種がここには集っているのだ（他の世界の人種もいる。つまり私を人口統計の中に入れるならば）。ここで多くの人々の運命が絡まり、ほつれている。歴史の沈殿物がこの街区を作ってきたし、この街区にひな鳥を与えて大きくしてきた。ついでながら言えば、そのヒヨッコどものひとりが、たった今、私の財布をくすねていったのだった。

○九・五○　散歩を続けていると、いろいろな考えが浮かんでくる。目立たないようにと黒人種の体の構成を身にまとう（ただし、表情と体型はルチアーノ・パヴァロッティ〔一九三五―、イタリアのオペラ歌手。世界三大テノールのひとりとされる〕に似せた）。この地区では黒人がいちばん多いのだ。全人種の中でも黒人と呼ばれるそれ（黒いからそう呼ばれる）が最も才能豊かなようだ。白人よりも背が高く、力強く、身軽だ。しかも馬鹿さ加減にかけて白人と遜色《そんしょく》ない。それなのに白人は黒人のことを高く評価していない。たぶん集団的無意識の中に、遠い時代の記憶が今も残っているのだ。昔は黒人が支配する人種で、白人は支配されていたというから。黒人帝国の富は果実栽培がもたらしたものだった。その収穫物のほとんどを彼らは世界中に輸出していた。他の人種は、何しろ農業というものを、それのみか漁労さえも知らなかったので、狩猟のみを行っていた。彼らの栄養摂取は害の多いものだったので、果実を摂取しコレステロールを減らすことがどうしても必要だった。黒人帝国の豊穣と権力はオレンジや梨、桃、杏子などがそこのみで大量に取れる限りは持続した。凋落《ちょうらく》が始まったのはバルタザール二世の治世だった。例のバルタザール、つまりメルキオールやガスパールとともにベツレヘムまでイエスに会いに行ったあのバルタザールの曾祖父だ。〈精薄児〉とあだ名されたバルタザール二世は帝国内の果樹園をことごとく潰し、その肥沃な土地を使って没薬《もつやく》の生産を始めた。これは当時、今もそうだが、あまり市場に出回るあてのない代物だった。

一一・〇〇　いくつかの区画の断片で形づくられる広場に出る。真ん中に毛だらけの棕櫚《しゅろ》が屹《きつ》立《りつ》しているさまは妙な虫みたいだ。老人がたくさんいて、彼らは陽に当たって甲羅干しをしながら家族の誰かが迎えにくるのを待っている。可哀想にこの老人たち、多くは迎えなど来ないことを知らないのだ。家族の者たちはノルウェーのフィヨルドにクルージングに出たことを知らない。去年の夏に置き去りにされたままの老人たちがまだ座っているベンチがいくつかある。かなりミイラ化が進んでいる。二週間前に置き去りにされた老人たちの環境への適応状態は、まだ熟すにはいたっていない。私はそうした人たちのひとりの隣に座り、マドリードの新聞の文芸別冊を読む。誰かが老人たち同様にここに打ち捨てていったものだ。

一二・〇〇　学校が終わった子供たちが広場を侵略する。フラフープで遊んだり独楽を回したり鬼ごっこをしたりする。彼らを見ているとますます悲しくなる。私の星にはこの星で言う幼年期というのがない。生まれてすぐ、私たちの思考器官には必要な（かつ認可された）分量の知恵と知性、経験が注入される。追加料金を払えば、オプションで、百科事典や地図、万年暦、私たちの星版の『シモーネ・オルテガおばさんの一〇八〇のレシピ』やミシュラン・ガイドブック（緑版および赤版）のなかの数多くのレシピを注入してもらうことができる。成人に達すると、前もって試験を受けなければならないのだが、宇宙交通法と自治体条例集、最高裁判所の最良判例集が注入される。しかしながら幼年期は、こちらで言う幼年期は、私たちにはないのだ。あちらではひとりひとりが自分に見合った人生（ただそれだけ）を送り、面倒は抱え込まないし、他人に迷惑もかけない。ひるがえって人類は、昆虫と同じで、三段階もしくは三期に渡って進歩を遂げる。そこまで長生きすればだが。第一期の者を子供と呼ぶ。第二期の者は働き蜂。第三期は隠居だ。子供は言われたことをする。働き蜂も同様だが、そのことによって報酬を得る。隠居たちも報酬は受け取るが、何もやらせてはもらえない。というのも、彼らは脈も覚束《おぼつか》ないし、手に持ったものをしばしば落とすからだ。ただし、杖と新聞だけは落とさない。子供が何かの役に立つことはほとんどない。古くは炭鉱で石炭を採取するのに利用されていたが、社会の進歩によってその機能は失われた。今では子供たちは真昼のテレビに出演し、飛び跳ねて大声でわめき、愚にもつかないことを理解不能な言葉で話している。私たちもそうだが、人間にも第四期または第四の状態というのがある。報酬を伴わないこの段階を死体という。これについては何も言わないでおこう。

一四・〇〇　子供と老人を眺め、私自身の存在について考えを巡らせていると、ひどくつらくなってきた。滂沱《ぼうだ》の涙を流す。前に言ったように、私の人間としての性質はとっかえひっかえするものなので、消費したり排出したりした分を補充するための腺がない。したがって涙や発汗、それから今し方もらしたばかりのうんちなどが私の体をかなり小さくしてしまった。今では身長が四十センチメートルそこそこだ。ベンチから地面に飛び降り、歩行者の脚の間を走り抜け、目立たず人に見つかることのない建物の入口に駆け込み、体を作り直す。

一四・三〇　マヌエル・バスケス＝モンタルバンの外見をまとうことにして、レオポルド軒に昼食に行く。〔スペインの代表的な推理作家バスケス＝モンタルバンの創作した探偵ペペ・カルバーリョはレオポルド軒の常連客という設定〕

一六・三〇　帰宅。メルセデスさんとホアキンさんのバルに電話する。メルセデスさんの手術はうまくいったかとホアキンさんに訊ねようと思ったのだ。ホアキンさんの友人を名乗る男が電話に出る。メルセデスさんの手術は今朝で、それに付き添うという仕事（無報酬）をホアキンさんが務める間、代わりにバルを切り盛りしているのだという。教えてくれてありがとうと言って電話を切る。

一六・三三　またバルに電話をかけ、ホアキンさんの役割を果たして（バルを切り盛りして）いる個人に手術はうまくいったかと訊ねる。うまくいきましたとも。手術は成功し、結果は、医者によれば、満足いくものだったとのこと。教えてくれてありがとうと言って電話を切る。

一六・三六　またバルに電話をかけ、ホアキンさんの役割を果たして（バルを切り盛りして）いる個人に術後の経過見の間にメルセデスさんの見舞いに行ってもいいかと訊ねる。よろしいですとも。明日以降、十時から十三時、十六時から二十時の間なら。教えてくれてありがとうと言って電話を切る。

一六・三九　またバルに電話をかけ、ホアキンさんの役割を果たして（バルを切り盛りして）いる個人にメルセデスさんはどこの病院に入院しているのかと訊ねる。オルタ地区のサンタ・テクラ病院だとのこと。教えてくれてありがとうと言って電話を切る。

一六・四二　またバルに電話をかけ、ホアキンさんの役割を果たして（バルを切り盛りして）いる個人にサンタ・テクラ病院には自転車で行っていいのかと訊ねる。教えてくれてありがとうと言う時間も与えず、彼は電話を切る。それに、教えてもくれなかった。気温、摂氏二十六度。相対湿度、七十四パーセント。ゆるやかな風。海の状態、凪ぎ。

一七・〇〇　軽く昼寝をしようとソファに突っ伏すが、暑さのせいで圧迫され、服が体にまとわりつく。事態をひどくしているのは、ソファがビニール張りだということだ。それにクッションの中身もプラスチック素材だし、バネも脚も、家にある家具やら何やら一切合切がそうなのだ。他にどんな素材の家具が考えられるかといえば、植物由来のもの、木材とか木綿とか、そして動物性のもの、つまり羊毛や皮革などだが、それらも私の気分を悪くする。考えるだけで吐き気がこみ上げてくる。喉の中に靴を入れる。こうすればおいしかった食べもの、しかも金まで払って得たものをもとに戻さないで済む。

一七・一〇　暑くて眠れないので、マハトマ・ガンジーの外見をまとってみる。こうすると身だしなみが楽だし、とても涼しい。ついでに言えば、日傘もある。この時期、なかなか悪くない。

一七・五〇　夢にうなされる。ひきつり、汗びっしょりかきながら声をあげる。どうしてもチューロを食べる必要がある。チューロがないのなら三階の女性に会いたい。

一八・〇〇　そっと部屋のドアを開ける。階段の様子をうかがう。誰もいない。廊下に出る。そっと部屋のドアを閉める。

一八・〇一　そっと階段を上る。誰にも見られなかった。そっと彼女の部屋のドアの前で立ち止まる。

一八・〇二　そっと彼女の部屋のドアに両耳をあててみる。何も聞こえない。

一八・〇三　そっと彼女の部屋のドアの錠を調べてみる。幸い、最大級の安全性と呼ばれる類の錠だ（普通という種類だったら開けるのにてこずっていたところだ）。難なく取り外す。そっとドアが開く。わくわくする！

一八・〇四　そっと彼女の部屋に入る。後ろ手にドアを閉め、錠を元の場所に戻す。玄関ホールの家具はシンプルだが趣味がいい。傘を傘立てにさす。

一八・〇五　そっと隣の部屋に移る。私の予想ではここが居間の役割を果たしている。居間でい、あるはずだ。部屋は私のものとまったく同一だが、それぞれの部屋を何にあてるかは何から何まで違う。私の生活習慣や食事、睡眠、排泄のしかたがだいぶ異なるからだ。細かい話には立ち入るまい。

一八・〇七　そっとリビングを検分してみる。繊細な趣味の家具がある。ソファに腰かけ、脚を組む。上品だし座りごこちがいい。革張りの肘掛け椅子に腰かけ脚を組む。上品だし座りごこちがいい。羊毛のカバーをかけた肘掛け椅子に腰かける。脚を組む前に肘掛け椅子が私のふくらはぎを嚙《か》む。見間違えた。これは肘掛け椅子ではない。マスチフ犬だ。丸まって眠っていたのだ。

一八・〇九　マスチフ犬に追いかけられ、家中を全速力で逃げ回る。もうそっとしてなどいられない。

一八・一四　天井に上ってマスチフ犬の歯牙《しが》から救われる。マスチフ犬は私の下にいて、落ちてこないかと見守っている。下品なしかたで吠え立て、その際、バナナみたいな犬歯を剝き出しにする。私はこれを肘掛け椅子と勘違いしたわけだが、これが肘掛け椅子だなんて、恐ろしい話だ。ましてやこれがマスチフ犬となれば！

一九・一五　かれこれ一時間、天井にいるが、マスチフ犬は疲れも飽きもしていないようだ。催眠術をかけようとしてみたのだが、犬の脳は単純極まりなく、気を張っているときとまどろんでいるときの差がほとんどないのだ。どうにかこうにか斜視にすることはできた。それで表情はおどろおどろしいものではなくなったのだが、その代わりひどく醜悪になった。

二〇・一五　かれこれ二時間、天井にいるが、この馬鹿者は態度を改めようとしない。気長に待てば飽きて寝入ってしまうのだろうが、そうなる前に彼女が帰ってきて、インド人が天井に張りついているのを見たら、と思うと心配だ。

二〇・三〇　生理学的に分析してみると、犬は非常に単純な分子構造をしていることがわかった。たぶん、それを利用すればこの一件を解決できるかもしれない。

二〇・三二　これでよし。ぱっと簡単な操作をするだけでマスチフ犬は四匹のチンに早変わりした。なおかつハムスター一匹分の素材が余っている。天井を下り、チンどもを足蹴にして消してやる。

二〇・四〇　急がなければ三〇一号室の調査を終えないうちに彼女が帰ってきてしまう。あるいは彼女の息子が。息子がいまだに学校から帰ってきていないのは奇妙だ。ひょっとしたら馬鹿だからと居残りの罰をくらっているのかもしれない。

二一・〇〇　調査を終えた。以下が私が彼女に関して集めることのできたデータだ。名前はアントニオ・フェルナンデス＝カルボ。年齢は五十六歳。性別は男性。寡夫《かふ》（死別）。職業、保険外交員。

二一・〇五　部屋を間違えたと推測する。そっと外に出て錠を元に戻す。そっと自室に戻る。

二一・三〇　ますます気が滅入る。今し方管理人が持って来たチューロを食べるのだと考えても嬉しくならない。ゲームでひとりチェスをすることにする。思いついた手はＰ４Ｒ〔白黒互いにキングの上のポーンを進める指し手〕だけだった。実際のところ、私は一度もこのゲームに熱中したことはない。ところがグルブはとても好きだった。私たちは時々、いつまでもいつまでもチェスをやっていた。そしていつも彼が言うところの最短チェックメイトに追い込まれるのは私だった。ノスタルジーに浸り、チューロを五本ずつ食べる。

二二・〇〇　パジャマを着る。いつか洗濯しなければなるまい。ベッドに入って『かわいいお馬鹿さん』を読む。三幕五場の風刺喜劇だ。しかるべき場所で頬紅を使うことができれば女は常にやりたい放題という話だ。ひょっとしたら筋をよく理解していないかもしれない。今日起こったことを思い出して興奮して、集中できなかった。お祈りを唱えて眠る。グルブからの連絡はまだない。

〇一・三〇　凄まじい大音響に起こされる。何百万年も（あるいはそれ以上）前、地球は恐ろしい天変地異から出来上がった。猛《たけ》り狂った海が海岸地帯をなぎ倒し、島を海底に沈め、巨大な山塊は低地になり、火山が噴火して新たな山ができた。地震によって大陸は移動した。こうした現象を思い出させるために市役所は、毎晩、ある装置を発動させる。ゴミ収集車と呼ばれるものだ。これが安眠する市民の家の足下を通り、地球誕生の大惨事の轟音を再生して回るのだ。起き上がり、おしっこをし、水を一杯飲み、また眠る。

二十日

Día 20

〇七・〇〇　浴室の体重計で体重を量ってみる。三キロ八百グラム。私が純粋知性体であることを考慮に入れるならば、とんでもない数字だ。これから毎朝、運動することにしよう。

〇七・三〇　通りに出る。六マイル走るつもりだ。明日は七マイル、明後日は八マイル、と徐々に増やしていこう。

〇七・三二　パン屋の前を通る。松の実のケーキをひとつ買い、食べながら帰宅。走りたいなら別の誰かが走ればいい。

〇七・三五　建物に入ると、管理人が玄関を掃き掃除していた。管理人と会話を始める。一見してつまらない内容だが、私としては下心があってのことだ。天気の話だ。二人ともいささか暑いとの意見。

○七・四○　交通のひどさについて話す。とりわけオートバイの音がうるさいと何度も言い合う。

○七・五○　物価が高いという話をする。今と昔のものの値段の差を言い立てる。

○八・一○　若者について話をする。近頃の子は情熱が足りないからだめだと言う。

○八・二五　薬物の話をする。そんなものを売買する者は死刑になればいいのだと話す。

○八・五○　住人たちの話をする（いいぞ！　熱くなってきた！）。

○九・○○　ライプニッツと新しい生態系、それに実体の相互関係について話す（がっかりだ！　冷めちまった！）。

○九・三○　私のあの人の話になる（やっとだ、ちくしょう！）。管理人が言うには彼女（私のあの人）はいい人で、三ヶ月ごとに払うことになっている管理組合費もお布施並みにきちんと払ってくれているが、（私のあの人は）頻繁には住人集会に出てくれない、本当は出てもらいたいのに、とのこと。（私のあの人が）結婚しているかどうか訊ねたところ、（管理人は）していないと答える。ということは（私のあの人の）息子は婚外子だと考えるべきなのだろうかと質問する。そうではない。（私のあの人は）かつて役立たずな誰かさんと結婚していた、と彼女（管理人）。二年ばかり前だったか、（私のあの人は）離婚したのだ。彼（誰かさん）は毎週末、子供（私のあの人の子、そして誰かさんの子でもある）の面倒を見る。裁判では彼女（私のあの人）に（誰かさんが）毎月慰謝料を払うようにとの判決が出たが、彼女（管理人）の見るところ、（誰かさんは）払っていないようだ、本当は月々きちんと払わなければならないのに。彼女（管理人）が続けて言うには、彼女（私のあの人）に恋人らしき人の影はない。

ひと晩だけでも誰かが送ってきたということもない。きっと彼女（私のあの人）はもうこりごりなのだろう、と彼女（管理人）は意見する。ただし、そのことについて、最終的には彼女（管理人）は心配していない、と彼女（管理人）はつけ加える。彼女としては（管理人としては）、誰もが好きなようにやればいいと思っている、まわりに迷惑さえかけなければ。なるほどそのとおり。彼女の部屋の中（私のあの人の部屋の中）でもそうだ。それに音も立てなければいい。それに、十一時前にすませてくれれば。その時間というのは彼女（管理人）が寝に行く時間だ。私は彼女の箒を取り上げ、それで彼女の頭を殴りつけ、箒を折る。

一〇・三〇　部屋に戻る。ダランベール〔十六世紀フランスの数学者・哲学者。『百科全書』派〕の姿になり、メルセデスさんが術後、願わくば回復を期している病院に見舞いに行くことにする。

一〇・五〇　病院に姿を現す。いささか醜い建物で、あまり入りたくならない。それだというのに、人々は大挙して入っていくし、中にはだいぶ急いでいる人もいる。

一〇・五二　玄関ホールにある来院者向け案内カウンターで、メルセデスさんとそのつきそいのホアキンさんはどの部屋にいるのか訊ねる。二人とも六〇二号室にいるとのこと。

一〇・五五　六階を歩き回って六〇二号室を探す。

一〇・五九　六〇二号室を見つけ、ノックすると、ホアキンさんの声がして入室を認めてくれる。

一一・〇〇　メルセデスさんは横になっているが、目覚めている。見た目も良い。具合はどうかと訊ねると、弱っているが元気はあると知らせてくれる。今朝はカモミール茶を一杯飲んだ、とのこと。お見舞いの品を渡す。電車だ。明日もまだ生きていたら、分岐線と踏切を持ってこようと伝える。

一一・〇七　ホアキンさんは昨夜、眠れなかったらしく、やつれていた。彼にしても彼の妻、つまりメルセデスさんにしても、そろそろゆっくりとやった方がいい年にさしかかっていると のこと。メルセデスさんの具合が悪くなったのは警告かもしれない、と言う。彼は一晩中考え込んでいたとのことで、人生の残りの時間はひょっとしたら休憩し、旅行し、あるいは何か好きなことをするのに費やすべきではないかと思ったようだ。そしてまたバルを手放す頃合いではないかとも考えたとつけ加える。商売は繁盛しているものの、悩みの種は尽きないし、誰か若い人を（商売の）前面に立てる必要があると。そしてまた私がバルに興味があるだろうかとも考えたとつけ加える。ホアキンさんは私が客商売に向いていて、仕事も好きだと自覚したのではないかと思ったようだ。

一一・一〇　メルセデスさんは、弱ってはいるものの、今し方夫が言ったことに賛成だと言う。ふたりとも私がこの問題についてどう思うか聞きたがる。

一一・一二　最初は好意的な反応を示す。私はバルを切り盛りする能力があると思うし、新しく、かつ大胆なアイディアで商売繁盛させることができるとも思う。たとえば隣接する不動産

（フォルクスワーゲンの自動車工場）を買収して店舗を拡充し、そこにチューロ屋を併設することもできるだろう。ホアキンさんが割って入り、そう慌てなさんなとたしなめる。まだ思いつきの段階なのだから、とのこと。もっとじっくり考えてみなければ、とつけ足す。加えて言うには、私はそろそろおいとました方がいいとのこと。というのも、メルセデスさんの手術はメルセデスさんにとってはちょっとした打撃だったから、休ませなければ、と。私は立ち去ることにするが、明日また来ると約束することも忘れなかった。来て、今の問題について詳しく話し合おうではないか、と。

一一・三〇　病院内をほっつき歩いたのは、考え事をしてぼんやりしていたからだし、それに何より、単に迷子になったのだ。ホアキンさんに提案されて私は混乱の海の中に沈んでしまった。最初の熱狂も過ぎ去った今、冷静になってこの問題を考えてみたところ、自分の最初の反応が過度に楽観的であったと思い至る。私がバルを引き継ぐことは明らかに不可能だ。バルを借りるなり買うなりして、それを経営する（利益をあげる）ことが可能だとは、私たちが宇宙旅行に出発する際に手渡された命令書にはひと言も書いていないのだ。なるほど、このことを特に禁ずるとも書いてはいない。いざとなったら相談しなければならないのだろう。気温、摂氏二十六度。相対湿度、七十パーセント。南東からのそよ風。海の状態、小さなうねり。

一二・三〇　なおも病院内をほっつき歩くが、悩みの解決の糸口は見つからない。その代わり、院内のカフェテリアを見つける。ここに立ち寄り、少し早いが軽く昼食を摂ることにする。腹が減っては戦はできぬ、胃のある者たちはそう言うではないか。

一二・三一　カフェテリアはがら空きだ。幸い、ショーケースには食べものがたっぷりだし、セルフサービス制を謳《うた》っていて、それも嬉しいことだ。誰憚《はばか》ることなく好き勝手に食べられるからだ。シシトウをカフェオレにつけて食べたくなったとしても、それがどうした？　というものだろう？

一三・〇〇　食べれば食べるほど、そして考えれば考えるほど、私が地球に定住するという考えは悩ましく思われる。まず何よりも、そんなことをしたらグルブ（行方不明）と私に課せられた任務を放棄することになってしまう。そうなるとそれこそ裏切りだ。しかしながら、こうした議論はさして重要ではない。というのも、決定的なことを言えば、すべては節操の問題に帰するからだが、私は節操というやつを人間たちが恥部と名づける場所に追いやっているのだ。それに引き換え、生理学に関する議論は重要度が高い。これだけみすぼらしいこの惑星の条件下では、私の体はどれだけの間もちこたえることができるだろうか。どんな危険が私を脅威にさらすのだろうか。私がここにいることで人類に害が及ぶのかどうかすらもわからない。確かにわかっていることは、私の独特な体の構成と充塡しているエネルギーが行く先々でトラブルを生み出すということだ。家のエレベータが常に故障中だったり、見ようとする（または録画しようとする）テレビ番組の開始時間が遅れてばかりなのは偶然なはずがない。今も病院の廊下を歩き回っていると、ある会話が聞こえてきて私は身を硬くした。医者が眉をひそめながら、看護婦に病院の器具が今朝、イカレてしまったと言っているのだ。ICUの患者たちがランバダを踊っているし、CTスキャンのモニターにはルイス・マリアーノ〔一九一四―一九七〇、スペインの歌手〕が現れて「俺のマイテチュ」を歌っている。眉をひそめた医者がつけ加えて言うには、これらの説明不能な現象が起こり始めたのは十時五十分だとのこと。彼はしまいには、まるでその時間に火星人が病院に入ってきたかのようだ、と言った。誰かにあんな悪趣味な連中と混同されるなど心外だ。やつらときたら、ただゴルフをしてサービスが悪いと悪態をつくことぐらいしかできないではないか。しかし私は怒りを気取られないよう、必死にこらえた。

あくまでも私の生理を人類の分子構造に合わせて変える可能性が残されているにはいる。そうすることになれば、モデルは慎重に選ばなければならないだろう。後戻りできないからだ。決意するのは大変なのだ。変異し終えた後になって、自分が幸せではないことがわかったりしようものなら、どうなるというのだ？　三階の女性との一件が残念な結果に終わったら、私はどうすればいいのだ？　かつての祖国が恋しくなっても乗りこえていけるのだろうか？　一九九二年以後の経済情勢はいったいどうなるのだろうか？　予測不可能なことだらけだ。せめて私の苦悩を打ち明ける相手でもいればいいのだが！

一三・三〇　カフェテリアを出ることにする。支払いを済ませようとして、カフェテリアがセルフサービスではないことに気づく。実際のところ、私が食事していた場所はカフェテリアですらない。誰にも見られないように外に出る。

一四・一五　カタルーニャ広場のベンチに座って考え事をする。唯一理に叶ったことができるとすれば、任務は終わったことにして帰ってしまうことなのは疑いがない。任務が果たされたかどうか、はなはだ心許ないが、根本的にはそれはどうでもいいことだ。結局、誰も報告書など読まないだろうから。問題はただ、ひとりで帰ることができないという点にある。宇宙船は故障したままだし、私は修理できない。ひとりでに直ったとしても、今度は動かすことができないし、ましてや運転など無理だ。この種の宇宙船はふたつの実体で作動させるようにできているのだ。どれかひとつの実体がずるをして宇宙船を悪用しないよう、こうして防いでいるのだ。悪用というのは、たとえばナンパに出たり、タクシー代わりに使ったりするということだ。アンターレス座にあるＡＦドッキング・ステーションに助けを求めるのもひとつの手だが、あまり有益とは思えない。別の宇宙船を駆って助けに来てくれたとしても、その宇宙船もふたつの実体が操縦するものだから、そのうちのひとりが私と同行するとしたら、もうひとりはどうやって帰ればいいというのだ？

一五・〇〇　考え事をするのをやめ、カタルーニャ広場も離れることにした。鳩たちが私の頭の天辺から爪先まで糞まみれにしてくれたからだ。しかも日本人たちが私を記念碑と勘違いして写真を撮るばかりだ。

一五・四五　帰宅。部屋の中は暑い。特にこの時間には。できることならエアコンをつけたいのだが、ひとつ問題があって、その装置が起こす振動が私の関節をバラバラにしてしまうのだ。冷蔵庫も同様だ。しばらくは何も起こらないのだけど、突然、何の前触れもなく意地悪を発揮して、私のタガを外してしまう。最近だと昨日もハンドミキサーを動かしただけで大腿骨が三分割されてしまった。換えの一本を持っていたのは不幸中の幸いだった。換気扇は耐えられるけれども、動き始めると吐き気がする。というのも、プロペラから目を離すことができないからだ。結局のところ、器具など使わずに、暑くなったらそれに応じて裸になっていくのがいいのだ。Ｔシャツと靴下だけになる。

一七・〇〇　人間の体というのは宇宙でも一番の大きな無駄だし、何よりもできの悪いガラクタだ。耳があるというだけで、こんなものがどうした具合か頭蓋骨に貼りついているというだけで、もう人体など無駄だと決めつけるのには充分だ。足は奇妙だ。内蔵など、吐き気がするばかりだ。されこうべは誰のものも場違いに笑っているような造りだ。こういったことの何もかもの責任は人体にあるが、それも部分的にだ。本当のことを言えば、人体は進化のしかたの運が悪かったのだ。

一八・〇〇　散歩に出る。街はいつもより活気づいているが、それというのも、暑気が到来すると、良き市民はテラス席の席取りに急ぐからだ。バルなどがゴミバケツの合間に場所を空けて作っているテラス席だ。そこで良き市民は耳をつんざくような大声で話し、空気を汚すなり毒をまき散らすなりし、飲み喰いした分だけ支払いを済ませると帰宅する。彼らを見習い、私もコーンのアイスクリームを買う。こういう産品を見るのは初めてなので、まずはコーンだけを平らげてしまう。それから、手にアイスだけ残されてもどうしていいのかわからずに、大騒ぎしてしまい、体中アイスにまみれ、残りをちりかごに捨ててしまった。

一八・四〇　散歩から戻ると遠くに彼女が見える。これぞ神の思《おぼ》し召しという巡り合わせだ。教育的配慮から見られないようにと努めるが、今日のうちに私たちふたりのことについてはっきりさせようと決意を固める。文具店でメッセージカードを、キオスクで切手を買う。気温、摂氏二十八度。相対湿度、七十九パーセント。そよ風。海の状態、凪ぎ。

一九・〇〇　家に籠もる。歯を磨き、テーブルの上に手紙を書くために必要な道具を揃える。紙をひと束、下敷き用罫紙《けいし》、インク壺、ペン先、柄、吸い取り紙、ボールペン（リフィル可）、マリア・モリネール『スペイン用語辞典』、手紙の書き方本（ラブレターと商用）、ことわざ事典、サインス・デ・ロブレス編のスペイン詩アンソロジー、『エル・パイス』紙編の文体集。

一九・四五　「すてきなお隣さんへ
　私は若く、可愛らしい見た目をしています。ロマンティックで愛くるしいです。経済的にも恵まれており、真面目なことがらについてはとても真面目です（でも楽しむときは思い切り）。好きなのは（チューロ以外では）地下鉄に乗ること、靴磨き、ウィンドウショッピング、遠くまで唾を飛ばすこと、それに女の子です。嫌いなのは野菜、どんな形のものも嫌いです。そして歯を磨くこと、ハガキを書くこと、ラジオを聞くことです。私は良き夫（となることがあれば）となり、良き父（子供に対しては我慢強い方です）となることができると思います。もっと私のことが知りたいですか？　九時半にお待ちしています。お食事（無料）とお飲みものを用意しておきます。今いったようなことや、その他のことをお話しましょう。ひひ。お返事ください。骨まで愛してます。」

一九・五五　書いたものを読み返す。手紙を破る。

二〇・五五　「愛するお隣さんへ
同じ建物内に住んでいるのですから、もっとお互いをよく知った方がいいのではないかと考えました。九時半にお越しください。何か食べものを用意しておきますから、家の問題について意見を交換しましょう（他のことは話さずに）。心を込めて、隣人より。」

二一・〇五　書いたものを読み返す。手紙を破る。

二一・二〇「前略、お隣さま

　腐りかけの食べものがいくつか冷蔵庫に入っています。家に始末しに来ませんか？　ついでに家のこととかその修理のこと（エレベータの新しいモーターとか建物正面の修復、等々）について話しましょう。十時にお待ちしています。かしこ。隣人より。」

二一・三〇　書いたものを読み返す。手紙を破る。

二二・〇〇「家の中が穴だらけです……」

二二・二〇「ウジ虫のわいた食べものがあります……」

二三・〇〇　角の中華料理屋でひとりきりで夕食を摂る。客が私ひとりだったので、店の主人が私のテーブルに腰かけ、話しかけてくる。ピラリン・カオという名で（とある厚かましい宣教師から洗礼を受けた）江西省の生まれだそうだ。子供のころサン・フランシスコに移住しようとしたところ、船を間違え、バルセローナに着いた。アルファベットを習わなかったので、いまだに間違いに気づいていない。私も彼の間違いを正そうとは思わない。結婚し、四人の子がいる。ピラリン（長男）とチャン、ウォン、それにセルジだ。月曜から土曜まで、日中ずっと働いている。日曜は休日にして、家族を連れて金門橋《ゴールデンゲートブリッジ》を見に行く（見つからないけれど）。中国に帰るのが夢だと語ってくれる。そのために仕事をして金を貯めているのだと。それから私に何の仕事をしているのかと訊いてくる。悩ませたくないので、ボレロ歌手だと答える。彼が言う。ああ、私はボレロが好きなんですよ。夢にまで見る故郷・江西省を思い出させてくれる。私に中国の焼酎を一杯おごってくれる。客が皿に残したものを蒸留して手ずから造ったものだ。いささか濃い茶色の液体だ。味は何とも言い難いが香りが芳醇《ほうじゅん》だ。

〇〇・〇〇　二人で「うんとキスして《ベサメ・ムーチョ》」を歌う。もう一杯。

〇〇・〇五　二人で「あなたと一緒にいれば」を歌う。もう一杯。

〇〇・一〇　二人で「私に慣れたでしょう」を歌う。もう一杯。

〇〇・一五　髪を三つ編みにして二人で「昨夜月と話した」を歌いながら、金門橋を見に行く。蛇行には景気づけが必要だと、ボトルを一本携えていく。

〇〇・三〇　二人で「もう一度面と向かって」を歌いながらバルメス通りを下り、道行く人誰彼となしに吊り橋を見た者はいないかと訊ねて回る。こいつはおかしい！

〇〇・五〇　アトランティコ銀行の玄関に座り込み、二人で「嘘にご用心」を歌う。二人で泣く。

○一・二○　大聖堂の階段に座って二人で「そんな風にぼくの心を傷つけて、すごいね」を歌う。二人で泣く。

○一・四○　サン・フェリペ・ネリ広場の地べたに寝転び、二人で「愛がぼくを傷つけた」を歌う。二人で泣く。

○二・○○　サグラダ・ファミリア教会を回りながら二人でありったけの大声で歌う。金門橋はどこからも現れてこないが、三周目にスビラクス〔ジョゼップ・マリア。サグラダ・ファミリア建築の指揮を執る建築家〕が何が起こったのかと小窓から顔を出す。二人で彼に向かって「電気を消して君のことを考えよう」を歌う。

○二・二○　タクシーを停めて乗りこみ、運転手に中国までと伝える。タクシーの中で二人で「あなたを忘れたなんて忘れた」を歌う。

〇二・三〇　タクシー運転手は私たちを警察署の前でおろす。その上、代金を取る。チップは一銭も払わない。

〇二・五五　国家権力にとがめられ、帰宅。階段を這《は》ってのぼる。こんな無様な姿はあの人には見られたくないものだ。

〇三・一〇　すっかり目が回る。ぶつぶつとお祈りを唱えてベッドに入る。グルブからの知らせはまだない。

二十一日

Dia 21

○九・二○　不思議な感覚にとらわれて目覚める。昨日の夜何が起こったか思い出すのに時間がかかる。事実を思い出したおかげでこの偏頭痛と吐き気の出所がわかったものの、ざわつく心もちはなぜなのかわからない。どれだけ記憶をたどっても、いったいいつベッドをバルコニーに出したのか思い出せない。こんな猥褻《わいせつ》な柄のシーツもいつ買ったのだか覚えていない。ベッドカバーの上でクークー鳴いている鳩を追い立て、起き上がる。

○九・三○　薬棚に胃薬はない。代わりにペパーミント酒がある。気がおかしくなりつつあるのだろうか？　酒浸りなのだからそれもやむなしとする。

○九・四○　ドアにノックが。開ける。若い男が荷物を手にしている。荷物はトニ・ミロの麻のスーツが十二着。納品書には私自身が昨日、注文したのだと書いてある。いったい何のことだかわからないながらも、議論する気力もない。金を払って帰ってもらう。

〇九・五〇　ドアにノックが。開ける。若い男が箱を手にしている。箱の中身はキャビア五キロに〈クリュッグ〉のシャンパン十二本。納品書には私自身が昨日、セモン食料品店で買ったのだと書いてある。まったく覚えていない。金を払って帰ってもらう。

一〇・〇〇　ドアにノックが。開ける。ジャグジーを取りつけに来た作業員たちだ。私自身が昨日、依頼したのだという。中に入れると彼らは、バーナーを手に壁を破壊する。

一〇・〇五　いささか困惑して部屋を出る。不確かな足取りで階段を下りる。まさかのことがあってはならないと思い、座ったまま下りることにする。一段一段滑っていくのだ。あの人の部屋の前を通るときには、この屈辱的な格好を見られまいとして急ぐ。

一〇・一二　玄関では管理人が眉をひそめて待ちかまえている。避けて通ろうとするが、立ち塞がる。こんなことを見過ごしにすることはできないと言う。彼女はとてもリベラルな人間ではあるものの、建物のことにかけては妥協することはできないと。さあ、これはいったい何の騒ぎなのだ。私が健康を害しようが、財産を無駄に使い果たそうが、あるいは自分の名誉を踏みにじろうが、そんなことは私の問題だ。しかし、住民全員にかかわってくることとなれば話は別だ。それは絶対に許さない。と言うや箒（新たなやつ）で私の頭を殴る。

一〇・二三　バスに乗る。バスの運転手は私に下りることを命じる。宣言するに、彼が運転を任されている間は、私のようなへんちくりんをバスには乗せないのだと。

一一・三六　だいぶ歩いてまだメルセデスさんが入院している病院に着く。入る前に、ホースを手にした看護士が二、三人で私の全身にくまなく煙のようなものを吹きかけて消毒する。いったい何が起こっているのだろう。

一一・四〇　六〇二号室に行くとメルセデスさんは昨日に比べてだいぶ良くなったように見える。ホアキンさんも少し楽観的になっている。しかしながら、私をみとめると、ホアキンさんは眉をひそめる。ともかく、何があっても彼は私の味方だと言う。彼も彼の妻、つまりメルセデスさんも、正直に言って私のことは良く思っていると言う。二人とも私を根本的にはいい人だと信じている。ただし、たまにおかしなことをする、と。彼は続ける。結局のところ、叩いて埃《ほこり》の出ない者などいないのだから、と。こうした言葉にどう応えればいいのかわからなかったので、私はメルセデスさんに持って来たお土産（〈極楽コンビ〉〔ローレル＆ハーディーとも。ハリウッド初期の映画で活躍したお笑いコンビ〕の太っちょの方のデスマスク）の贈呈式を行うと、部屋を出ようと入口に向かう。出る前にメルセデスさんが私を呼び止める。彼女のもとに行く。ベッドの足もとにひざまずき、彼女が私の額にキスすると、大粒の涙が青白く皺《しわ》だらけの頬を伝う。私たちはピカソの「科学と慈悲」の続編みたいだ。

一一・五九　再び街に出る。子供たちが私にカバのフンを投げて寄越す。彼らは明らかにこのために動物園まで行ってそれを拾ってきたのだ。私はまだ朝食も食べていないというのに。

一二・三〇　精一杯手を挙げてもタクシーは一台として停まってくれないので、歩いてへとへとになりながら帰宅。間違いなく私は周りの人たちから避けられているが、こうして皆から拒絶されるのは何をしたからかなのか、まだわかっていない。チューロ屋は私に売ろうとしなかったし、州政府のプレナフェタ官房長官すら、手を振ろうとしなかった。

一二・三五　自分の部屋に入る。作業員たちはいなくなっていたが、ジャグジーとサウナ、ダンスフロア、温水プール、カウンターバーふたつ、オウムガイひとつ、プレイルームひとつ、阿片窟ひとつが設置されていた。しかも六十平米の部屋の中に何もかも詰め込んだのだ！

一二・四五　トランポリンに腰かけ、いったい何が起こっているのかを考えてみる。ひょっとして私に対する陰謀があり、とりわけ素晴らしいこの都市の住民すべてがそれに関わっているのではあるまいか。あるいはまた私が、それと知らずしてとがめられるべき行動をしてしまったのだろうか。最初の考えはありえないことなので、必然的に二番目の考えに傾く。私が悪いのだとして、これまでずっと正しい振る舞いをしてきたことを考えれば、地球上にある毒気のようなものが発生して、それが私に作用したのだと考えざるを得ない。あるいは少なくともバルセローナに発生したと。ウエスカ〔アラゴン自治州の県、およびその県都〕にでも行って、そこでの振る舞いを見てみるのがいいのかもしれない。それから回路が虫に喰われている可能性もある。

一三・三〇　ささめきがしてはっと我に返る。誰かがドアの隙間から封筒を忍び込ませたのだ。封筒には差出人の名はない。中には印刷された紙が一枚だけ入っている。そこには文字通り次のような調子のことが書いてある。

はーい、ぼくちゃん。もんのすごくいいことしない？
だったら、カネのあるときに遊びに来て。
最高のおもてなしをするし、誰にも言わない。
雰囲気も選りすぐり。ビデオの販売と貸し出しもあり。
ペドラルベス通り、番号なし（レストラン〈アップ・アンド・ダウン〉から五分）。

一三・四五　メッセージを何度も読み返す。誰が送って寄越したのかはわからないが、ここに謎を解く鍵があることは間違いない。何をすればいいのかも疑いなくわかる。

一四・〇五　宇宙戦士が戦闘の前にやらなければならない肉体的かつ精神的準備のための訓練を行う。トラのポーズ。背中を丸め、脚を曲げる。胸部を膨らませ、腕を二つ折りにする。筋肉を鋼《はがね》のように固くする！

一四・〇六　脚が攣《つ》る。

一四・二四　〈スローン〉塗布薬をよく塗り込んでから、宇宙戦士が戦闘の前にやらなければならない肉体的かつ精神的準備のための訓練を続ける。頭の中を真っ白にする。

一五・五〇　やれやれ、ぐっすり寝込んでしまった。宇宙戦士が戦闘の前にやらなければならない肉体的かつ精神的準備のための訓練を終えたことにする。一昨日の残りのチューロを温め直し、じっと鏡の中の自分を見つめながらそれを平らげる。

一六・三〇　私の足取り（と挫《くじ》けることのない意志）が向かう先の環境に合わせるために、忍者の服を着たジルベール・ベコー〔フランスのシンガーソングライター〕の外見になることにする。街に出ると行き交う人が皆ため息をつき、うっとりとなっている。

一七・〇〇　教育的目的のために、シネコンに入ってアーノルド・シュワルツェネッガーの新作映画を見る。気づいたときにはびっくりした（し嬉しかった）のだが、映画はカタルーニャ州政府が財政支援していたし、話はずっとサン・リョレンス・デ・モルーニス〔カタルーニャ州ジローナ県の町〕で生起する。私がスクリーンを間違えた可能性は排除できない。

一九・〇〇　映画館を出る。自動車ディーラーに向かう。応対してくれた店員に私の探しているものが何か語って聞かせる。白いアストン・マーチンで、特注の装置つきのやつだ。その装置で車体後部から撒き菱《まびし》を撒き、（車の）追っ手に（車に）追いつかれないようにするのだ。ディーラーはそのモデルならばもう発注済みだがまだ納車されていないと答える。同じ値段でセアット850ワゴンがあるが、これはねじやらナットやらを排気マフラーから撒き散らして走るものだ。

二〇・〇四　トゥセット通りで聖職者の一団と行き交う。三ブロックほど同行して賛美歌「パンゲ・リングア」を歌う。

二一・〇〇　行動を起こす準備が整う。運転席に座る。シートベルト。ヘルメット。ジャン＝ピエール・ゴルチエのサングラス。ジャンフランコ・フェレのスカーフ。プリンスのミュージック・テープ。マールボロのシール。そして……ブルルン！　ブルルン！

二一・〇五　ディアグナル通りは工事のため通行止め。エスプルーガス街道に抜ける。

二一・一〇　エスプルーガス街道は工事のため通行止め。モリンス・デ・レイ方面に抜ける。

二一・二〇　モリンス・デ・レイ方面は工事のため通行止め。タラゴナ自動車道に抜ける。

二二・二〇　タラゴナのバラ凱旋門、エシピオネス塔、考古学博物館、大聖堂（リュイス・ボラサの美しい祭壇画）を見る。

二三・〇〇　テルエルとソリアを通って帰路につく。

〇一・四〇　車を慎ましい建物の金属製の門の前に停める。警備会社の警備員二人、治安警備隊の警官二人、カタルーニャ警備隊の警官二人、特殊急襲部隊の警官二人、自然保護庁の役人二人、ブルネーテ装甲部隊〔スペイン内戦時、フランコ側の部隊のひとつ〕の分隊ひとつが警備に当たっている。この店が特別（かつ関係者以外立ち入り禁止）なのがわかる。

○一・四一　車のキーを空中に放る。駐車場係がそれを上手い具合にキャッチする。

○一・四二　門番がカードを見せろという仕草をする。身分証明書と運転免許証、カタルーニャ州立図書館のカード、ベルガラ通りのビデオクラブのカード、聖母マリア崇拝者集会のカードを見せる。どれもお呼びではない。

○一・四三　駐車場係が私に車のキーを返し、言い訳に、ＢＭＷ車だけしか扱えないと言う。私の車を停めたらヘッドライトで歩道の縁石をへこませてしまいそうだと。

○一・四四　ケチがついたのでこの企てはやめることにする。車に乗って退散。

○一・四六　ジェイムズ・ボンドを思い出す。スピードを上げるほどに彼のことが頭から離れなくなる。マリア・ゴネッティ〔イタリアの聖女〕のことも同じく。自分の緩さが恥ずかしくなる。ブレーキを踏み込む。クランク室がなくなる。シャフトも、シャシーも、とても可愛らしいＩ♡

姑のステッカーもなくす。

〇一・五〇　影に紛れて店に引き返す。スイス軍のナイフをくわえている。自分自身でぞっとする。

〇一・五五　店の空調の排気口の金網をこともなく見つける。ナイフを使って開ける。このナイフにはドライバー、缶切り、コルク抜き、のこぎり、それにキャンペーンでカーラーまで半ダースついている（にわかには信じがたいことだ。スイス人たちはあんなに真面目に見えるのに）。

〇二・〇〇　エアコンの排気管の中に入る。わくわくするぞ！

〇二・二〇　二十分も管の中を這いずり回っているが、出口ひとつ見当たらない。せめて私が入ってきた口でもあれば、そのまま家に帰るのだが。ジェイムズ・ボンドなどう、い、い、ぞ喰らえだ。

〇三・〇〇　相変わらず管の中を這いずり回っている。もう何キロもの行程を終えたはずだ。ひどく寒い。というのも、本物のお偉方たちというのは熱のある人々なので、どこにいても、そして一年中どの季節でも、エアコンをがんがんにかけるものだからだ。それからまったくの真っ暗闇だ。だがこのことはたいした問題ではない。私は暗闇の中でも目が利くからだ。おかげで毎月の電気代は節約できる。おまけに、この能力のおかげで私は、ここで障害物をよけることができるのだ。鼠《ねずみ》とか産業廃棄物、石つぶて、死体などをかわして進んでいるのだ。死体というのは明らかに凍りつくという徴候を見せる。ざっと調べたところ、これらの死体は生前は成り上がりきれなかったお偉いさんたちだったのだろうとの結論に達する。この場所に正面入口から入ろうとして断られ、今私がたどっているのと同じ道から入ろうとしたのだ。

〇三・四〇　遠くにかすかな光が見える。出口だ！　最後の力をふりしぼる。さあ、ここだ。鉄格子が私の行く手を阻む。それを蹴破る。鉄格子が取れてできた穴から中に滑り込む。二十人分の会席が用意されたテーブルの上に落ちる。幸い、まだ誰もいない。

〇三・四一　物音を聞きつけてウェイターがひとり駆けつけ、今すぐテーブルから下りるようにと私に命じる。彼が教えてくれたところでは、このテーブルはモナコのステファニー王女とそのフィアンセ、それに幾人かのお伴のために予約されているのだそうだ。つけ加えて言うには、実際はこのテーブルの予約は一九七八年四月九日に取られたのだが、今のところどなたもお見えになっていないとのこと。しかしながら、お人がお人なだけに、支配人としては、予約がキャンセルされたと見なすのは適切ではないとの判断だ。ウェイターの話はまだ続く。今も週に一度テーブルクロスとナプキンは洗われるし、カトラリーは磨かれる、テーブルの上の花も生け直される。蟻《あり》は皆殺しにされ、パン（白パンと無精白パン、それに大豆パン）は窯《かま》で焼いたばかりのものと取り替えられる。部屋の隅ではカメラマンが六人、蜘蛛の巣に覆われて待ちかまえている。

〇三・四四　落下のショックから立ち直った私にウェイターは教えてくれる。夕食が摂りたいのならば、店内の他の空いたテーブルで摂ることができる、と。そしてどのテーブルも空いているのだとのこと。というのも、本当に洗練された人々というのは早朝五時か五時半くらいにならないと夕食を摂らないからだ。一般の人々と間違えられては困るからだ。一般の人々というのは、翌朝、早起きしなければならないので、夕食が早いのだ。私は、とりあえず今はバーで（カバ〔カタルーニャ産のスパークリングワイン〕を）一杯飲もうと応える。

〇三・四五　カバがあまり気に入らないので、泡の数を数えて暇つぶしをする。泡を発する液体（どうすればそうなるのかはわからない）は摂取せず、同じくバーのカウンターに座っている他の三人の会話を聞く。会話はちゃんと聞けば興味深いものだったのかもしれないが、何しろ彼らが度を超してカバを摂取するものだから、お腹がグーグーと鳴って、うるさくてよく聞こえない。それでも、彼らが何の話をしているのか推測することは難しくない。カタルーニャ人など、話すことはいつも同じだ。仕事の話だ。二人以上のカタルーニャ人が寄り集まれば、ひとりひとりが細部も事細かに仕事について語り出す。繰り出す用語は七つ八つ（特別とか手数料、受注高、その他いくつか）なのに、これでもかというほどに熱い議論を戦わせ、それが際限なく続くのだ。地球上どこを探してもカタルーニャ人ほど仕事熱心な人々はいない。彼らが何かのやり方を知っていれば、世界の領主になるだろうに。

○四・○○　とても若くて魅力的な女の子が近づいてくる。ひどくあけすけに、学生か社会人かと訊ねてくる。実際のところ、勉強しているのか働いているのかは区別できないと答える。というのも、真面目に勉強する者は何よりも大切な仕事をしているのであり（つまり、翌日のための宿題）、同様に、仕事に五感を集中する者は日々、何か新しいことを学ぶからだ。明らかに私の答えに満足した女の子は足早に立ち去る。

○六・○○　時間がいたずらに過ぎるばかりで、私がこの店まで探し求めてやってきた証拠は何ひとつみつからない。人生初のことだが、自分の直感が間違っているのではないかと考え始める。人がやって来て、夕食を摂り、三々五々、帰りつつある。商談をしながら夕食を摂る間にすっかりやせ細ってしまい、食後のコーヒーの前に消えてしまった者もいる。私は相変わらずここにいて、目の前をメルルーサ鱈《たら》のうなじが通りすぎるのを眺め、カバの泡を数えている。既に四回グラスを換えてもらったのは、この楽しみを終わらせないためだ。私はまだ立ち去らない。

〇六・一五　店中で残っているのは私だけになる。眠気には負けそうだ。それに、どうやら二、三度船を漕《こ》いでしまったようだ。目の前のカウンターが所々へこんでいる。捜査を終えて退散しようと思って勘定を頼む。

〇六・一六　スツールから下りるのに危険が最も少ない方法はどれだろうかと思案していると、男がひとりやって来て、左の肘をカウンターにつき、右手の親指と中指を鳴らす。ウェイターがやって来ると、男はウィスキーを注文する。どのようなものが？　モルトだ。水割りグラスですか？　タンブラーだ。氷は？　ああ。角氷二つで？　三つだ。お水は？　ああ。ミネラルウォーターですか？　ああ。泡入りですか？　ああなし。ウェイターが引き下がる。男は気絶する。

〇六・二〇　マウス・トゥー・マウスの人工呼吸を施し、頬を力強く叩いて反応を見る。二つの処置を同時にやるものだから、だいたいは自分の頬を叩いてしまう。

〇六・二五　ウェイターが注文の品を持ってくると、男は意識を取り戻す。一息に飲み干す。ばたっと倒れる。またやり直しだ。

〇七・〇〇　男と私は一緒に店を出る。彼は私に寄りかかり、私は壁に寄りかかる格好だ。外に出ると、鳥たちが木々の間でさえずり、太陽がその下品な顔を水平線からのぞかせている。なるほど、もう新たな一

二十二日

Dia 22

〇七・〇〇　前の段落に同じ。

〇七・〇五　こんなに小柄で痩せこけた人物からこれだけの力が出るなど想像だにしなかったくらいの力で、新たな友人（かつ、庇護を受ける者）は私の腕から自分の身を引き剝がす。それだけではない、私の腕も引き剝がす。腕をつけ直している間、彼は謝る。お願いですから、お気になさらずに。たいしたことではありません。新たな友人（かつ、庇護を受ける者）は、そうは見えないかもしれないけれども、自分は酔っていないのだと説明する。ただ極度に疲れているのだと。もう何日も寝ていない。ひと月まるまる寝ていない。原因を調査する。

〇七・三〇　お偉いさんの悩みは以下のとおり。株式相場や外国為替市場、先物取引市場の読みと部分的理解。カフェオレ（スキムミルク入り）、マーガリンつきビスコット、錠剤。シャワー、ひげそり、アフター・シェイヴをびしびし塗り込む。お偉いさんは武装する。あちらにエルメネジルド・ゼニア、こちらにエルメネジルド・ゼニアを身につける。清潔な子供たちがきれいな服を着て、髪も梳《と》かして、お偉いさんの車に乗りこむ。パパは子供たちを学校に送って行くのだ。昨夜は子供たちはお母さんの家で夕食を食べたけれども、お父さんの家で眠った。今夜は彼らはお父さんの家で夕食を摂るけれども、お母さんの家で眠ることになっている。そして明日にはお母さんが学校に送り、お父さんが迎えに行って、一緒に夕食を食べる。でもお母さんの家かもしれない（電話で話し合いだ）。子供のうちひとりは彼の子だ。もうひとりはそれまで見たこともないけれども、質問しないことにする。妻と離婚（友好的に）してからというもの、誰にも何も質問しないことにしている。お偉いさんは膝で車を運転する。右手では自動車電話の受話器をつかみ、左手でカーラジオのチューンを合わせる。左の肘で車のウィンドウを上げ下げする。右肘で子供たちが車のギアチェンジをして遊ぼうとするのを防ぐ。顎でひっきりなしに車のクラクションを鳴らす。会社では、テレックス、ファックス、手紙、留守電のメッセージ。スケジュールの確認。ねえ君、十一時のアポイントメント、キャンセルしてくれ。ねえ君、十二時にアポを取ってくれ。ねえ君、〈ラ・ドラーダ〉のテーブルを四人で予約してくれ。ねえ君、〈レノ〉での予約は取り消してくれ。ねえ君、明日のミュンヘン行きの飛行機、予約してくれ。ねえ君、今日の午後のジュネーヴ行きはキャンセルして。ねえ君、薬ちょうだい。お偉いさんは短い休み時間を利用して英語を習う。

My name is Pepe Rovelló,
In shape no bigger than an agate stone
On the forefinger of an alderman,
Drawn with a team of little atomies
Athwart men's noses as they lie asleep.

（私の名前はペペ・ロベリョ、
町役人の人差し指につけられる
瑪瑙《めのう》の小石のように小さな姿だ。
芥子《けし》粒ほどの小人の一団に車を引かせ、

寝ている人間どもの鼻先をかすめてお通りだ。）

（二行目以降は小田島雄志訳）

お偉いさんはフラメンコのセビリャーナスを踊る。先生は彼を叱る。家で練習しなかったことは明らかだからだ。ああもう、ロベリョったら、腕も腰もなっとらんでしょうが！　お偉いさんはカワサキのバイクに跨《また》がったままカスタネットの難しい技術を練習する。事故を起こしてしまい、クラブに着くのが遅れる。フラメンコの衣裳を着替える間もなくスカッシュを二ゲームやる。レストランで食べるのはわずかにセロリ（塩なし）ひと皿、ミントティー、それに上物の葉巻だけだ。錠剤、消化促進シロップ、複合ビタミン。お偉いさんの苦しみは以下のとおり。胃炎、副鼻腔炎《ふくびこうえん》、偏頭痛、循環器の問題、慢性の便秘。葉巻を座薬と勘違いしている。エアロビクスのクラスでは脱臼する始末。外傷医がそれを治したと思ったら、マッサージ師がまた台無しにしてしまう。もうひとつ問題がある。彼の二番目の元妻が最初の元妻の元夫との子供を身籠もった。ａ）生まれる子の苗字は何になるのか？　ｂ）エコーの代金を誰が払うべきなのか？　さらなる悩みの種は、ヨットの乗組員たちが反乱を起こし、タラゴナあたりの海岸で海賊行為に及んでいることだ。

○七・五○　お偉いさんと私は別れる。彼が言うには、もう最後の一杯を飲んだので、宿題をやり終えたという満足感を得て新しい一日を始められるのだとのこと。ヘルメットと手袋を身につける。オートバイで行って大丈夫なのかと訊ねる。何だって！　オートバイだと！　私を誰だと思っているんだ？　街に行くのにハンググライダー以外のものは使わない。

○八・○○　ペドラルベス通りを上へ下へと走り、器具をやっと浮き上がらせる。糸を放す。友は朝の青い空から手を振っている。さようなら、友よ、私たちには君と幸せだったころのアンプルダン〔ジローナ県の町。この別れのセリフは映画『カサブランカ』のもじり〕の思い出があるじゃないか。

○八・○五　足を引きずりながら家に帰ろうとする。あるいはこの（口語）表現は現実に合致しないかもしれない。それとも、私が知らないだけで、両足を同時に引きずって前に進む方法があるのだろうか。一本の足だけを引きずり、もう一本（の足）で前方に飛びあがることを試してみる。うつぶせに倒れる。

〇八・〇六　うつぶせという言葉の意味を考えていると、目の前に財布が見える。ざっと検査してみると、財布はもともとワニに属していたことがわかる。さらに踏み込んで検査してみると、財布はいくつもの手を渡り、最終的に、なくなる直前まで友のお偉いさんのものだったことがわかる。以後、財布は私がとりわけ正直に感じるままのところに属することになる。へへ。気温、摂氏二十三度。相対湿度、五十六パーセント。東からの柔らかい微風。海の状態、小さなうねり。

〇八・〇七　お偉いさんの財布の中身を見てみる。三千か四千ペセータあったので、私はそれを素早く自分のポケットに移す。身分証明書、運転免許証、クレジットカード、彼の学位が活動的で支配的な人々の世界に属するものであることを証明するカード。小便するオオカミ犬の写真。まとめて言えば、つまらないものばかり。

○八・一〇　財布とその中身をドブに捨てようとしたところで、ファスナーで閉じられた小部屋があることに気づく。こじ開ける。いまだにこの奇妙な仕組みのことがうまくわからない（それにこんな馬鹿げたものがなぜこれだけ普及しているのかもわからない）。結局壊して開けることになる。小部屋から写真を一枚取り出す。若くてきれいな女性だ。写真の裏面には短い献辞がある。かっこいいおちびさん、あなたのことがうんと好き。可愛い子ちゃんより。

○八・一一　やれやれ。

○八・一二　帰宅することにする。タクシーが通りかかる。停める。乗りこむ。帰路、ラジオのニュース。バンデリョス原子力発電所でまた事故があった。発電所のスポークスマンは聴取者に変異体になればいいことがあると知らせている。毎朝家族が驚いてくれますよ！　と叫ぶ。タクシー運転手は納得していない様子。彼が言うには、自分が指揮を執ったら原発などドニャーナ国立公園に移設するのに、とのこと。さらに言うには、そうすりゃこのくそったれの保護種どもも自分が何を言ったか気づくだろうよ、と。

〇八・三〇　そそくさと家に入る。住民たちの敵意が増している。管理人は箒の柄を吹き矢にして、アマゾンの先住民たちの毒をしみこませた矢を吹きつけてきた。私が通るのを見て階段の吹き抜けから煮えたぎった油をかけてきた者がいた。私の部屋にタランチュラを入れた者もいる。殺虫剤をめいっぱい使うはめになる。

〇八・四五　この誤解に終止符を打つことにする。今日の午後、住人全員を集めて軽食を供し、苦情に（辛抱強く）耳を傾け、彼らの目の前でやり直そう。プールでひと泳ぎしたいという者がいれば、ただで使ってもらおうじゃないか。

〇八・五〇　ホームパーティーに必要なものを買いに出る。寛容王アルフォンソ五世（一三九六―一四五八）の外見を身にまとい、外に出る。

〇九・〇〇　ブリオッシュを二ダース、バター一ブロック、モルタデラ・ソーセージを百グラム、ガス入りミネラルウォーターひとつ。

〇九・一〇　紙のちょうちん、風船、紙テープを買う。

〇九・二〇　帰宅。郵便受けにサソリが。エレベータにコブラが。階段の踊り場にナパーム弾が。

〇九・五〇　ブリオッシュサンドを作り終える。少しできが悪い。たぶん、包丁がなくて、代わりにペンチを使ったからだ。

一〇・〇〇　招待状の作文をする。……様ならびにご夫人を本日しかじかのパーティーにご招待いたします。礼服着用をお願いいたします、等々等々。うまく書けた。

一〇・〇五　ささめきがしてはっと我に返る。誰かがドアの隙間から封筒を忍び込ませたのだ。封筒には差出人の名はない。中には印刷された紙が一枚だけ入っている。中身は以下のとおり。

どう、昨夜は楽しく過ごした？
今日はもっとずっと楽しいわよ。
だからわたしに会いに来て。わたしは
シロップと蜂蜜、アロマと
防腐剤（Ｅ４１３、Ｅ６４２）でできた
甘いお菓子。これって
あなたのトラみたいなお口専用。
卵黄とアーモンド菓子通り５番、ペントハウス２番
（トラベセーラ・デ・ラス・コルツ通りとの角）
追伸　住民のことなど忘れなさい。
当たり前の人ばかりだから。

一〇・二五　私が社会復帰することを何が何でも阻もうとする者がいることがわかったので、私は招待状を破り捨て、ブリオッシュを全部食べ、ちょうちんを燃やす。紙テープでフラダンスのスカートを作る。

一〇・四〇　しばしの間、踊る。だがすぐに飽きてしまう。

一〇・四五　メルセデスさんがリハビリ入院中の病院に電話をかける。ホアキンさんと話をする。調子はどうですか？　ああ、とてもいいよ。医者が言うにはメルセデスさんはいつでも好きなときに退院できるそうだ。当然、彼も。明日にはまたバルに二人して出ることができるかもしれない。良い知らせなので、おめでとうを言う。電話を切る。

一一・〇〇　良く晴れた朝だ。空気は澄みわたり、乾燥して、この数日に比べてそれほど暑くもない。散歩に出ることにする。どこに行こうか？

一一・〇五　美術館に行くことにする。絵についてはあまり詳しくないのだ。本当のことを言えば、私の惑星では、造形芸術はそれほど重要視されていない。一部には、私たちにとっては色覚異常と老眼が先天的なものだからだ。それからまた、私たちは美学に関することにまったく無頓着だからでもある。そうした理由に加え、私は元来あまり勉強好きではない（し、向いてもいない）ので、この分野に関して少しばかり不完全な教育しか受けてこなかったのだ。誰かにどんな画家が好きかと訊ねられても、出てくる名はピエロ・デッラ・フランチェスカとタピエスだけだ。

一一・三〇　カタルーニャ美術館に姿を現す。工事中につき閉館。

一一・四五　現代美術館に姿を現す。工事中につき閉館。

一二・〇〇　民族学博物館に姿を現す。工事中につき閉館。

一二・二〇　近代美術館に姿を現す。工事中につき閉館。館長の説明によれば、当局は美術館を新しくして、多くのセクターと多くの分野の芸術が集まるものにし、かつ、予算が許せば、遊び感覚もたっぷりなものにすることに決めたとのこと。そのために十五階建ての建物を建て、その中に劇場ふたつ、カフェテリア四店舗、お土産店一軒、老人ホームひとつ、現行の美術館のコレクション、ティビダボ山の公園にあるようなゆがんだ鏡、プラネーリェス医師の絆《ばん》創膏《そうこう》コレクションなどを入れる予定だ。工事は、当初、九二年までに終える予定だったが、九八年までは始まらないだろう。工事の間の措置として、絵画は港のとある倉庫に移設されたのだが、市の他部局が先月、その倉庫の取り壊しを命じてしまった。そのため、今ごろ、絵画は地中海の海の上を漂っている可能性が非常に高い。しかしながら、と館長は続ける。私が美術館の中に入ってもそれほどがっかりはしないはずだ、と。というのも、ちょうど今朝、マンモスが一体、自然史博物館から改修工事の間、預かるようにと送られてきたからだ。博物館も現在、工事中につき閉館だ。

一三・〇〇　シウタデリャ公園にいるので、朝の残りの時間をここで過ごすことにする。屋台でエステパ産のポルボロン〔クリスマスのお菓子。アンダルシアの町エステパのものは有名〕を一箱（ファミリーサイズ）買い、池の畔に座って食べる。日射しが強いので、私以外誰もその場所の椅子に座ろうとしない。カモがおとなしく水上を滑って私のところまで来る。ポルボロンをひとつやると、それを食べ、池に潜る。

一四・〇〇　〈シエテ・プエルタス〉で昼食。うなぎ、クルマエビ、腎臓の煮込み、睾丸《こうがん》、豚鼻の煮込み、〈ベガ・シシリア〉のボトル二本、クレーム・ブリュレ、コーヒー、コニャック、〈モンテクリスト〉２番の葉巻、それから何でもかんでも一切合切。

一六・三〇　モンジュイック城まで歩いて上って腹ごなし。

一七・三〇　モンジュイック城から歩いて下って腹ごなし。

一八・三〇　もう一度モンジュイック城まで歩いて上って腹ごなし。

一九・〇〇　ペトリチョル通りで軽食。

二〇・〇〇　二〇・三二に待ち合わせなので、その場所に向かう。

二〇・三二　来た。

二〇・三三　建物の玄関ホールに入ると上品に制服を着こなした門番に止められる。どちらをお訪ねですか？　ペントハウス2番ですよ。ああ、そうですか。ではどんなご用でペントハウス2番をお訪ねですか？　人と会う約束があります。ああ、約束、約束ね、と、とても早口に言う。なるほど、じゃあ約束したとかいうその人の名前は？　女の人ですが、名前は今、思い出せません。ああ、女の人ね……ピロシキさんかな？　それです、その人です。残念だな、お若いの、ピロシキさんは四十年前に死んだよ。ちょうど私がこの建物の門番になった年だ。それ以来、侵入者や詐欺師が入るのを防ぐのが私の役目だ。わかった、わかった、たぶん名前を間違えたのだ。ではソティーリョさんかな？　この人ももうお亡くなりになった。

二一・三〇　五十二人の女性の名を挙げ、その魂が休まりますようにとお祈りを捧げたところで、私は門番に五千ペセータ札を手渡す。

二一・三一　門番がエレベータの中までついて来てくれる。小声で鼻歌を歌っているのは、有線放送代わりだ。

二一・三二　門番は階段の踊り場まで私を連れて来て立ち去る。呼び鈴を押す。ピンポン。しーん。ピンポン。返事なし。幸いなことにドアの前に植木鉢があったので、私は自分の緊張の塊を吐き出すことができる。

二一・三四　もう一度やってみる。ピンポン。足音が近づいてくる。のぞき窓が開く。目がこちらを見ている。手に棒でも持っていれば、突っつくところだ。

二一・三五　のぞき窓が閉まる。足音が遠ざかる。しーん。

二一・三六　また足音が近づいてくる。掛金が外される。錠のロックが外れる。ドアがゆっくり開く。このまま走って階段を下りてしまおうか？　いや、いけない。私は留まる。

二一・三七　ドアがいっぱいに開く。ガウンを着てスリッパを履いた婦人がゴミ袋を手渡す。すぐにごめんなさいと言う。階段の陰で暗くて、眼鏡もないし、門番と間違えたのだと。この時間にいつも来るのよね。そうですか。どうやら部屋を間違えたようです。ええ、きっとお向かいさんだと思います。いいんです、気にしなくて。殿方はよくそうするんです。緊張するのね。ええ。誰も彼も鉢のキャッサバに小便することになるんです。おかげでずいぶんとみずみずしくなって。ついでですから、ゴミを捨ててくださらない？　もうアンヘル・カサスのテレビ番組が始まるところだから、見逃すわけにはいかないの。さあさあ、わたしはもうびっくりしていませんから。ね、お願いだから、ぐずぐずしていると外のコンテナまで走ることになるわよ。

二一・四五　またエレベータで上がってくる。向かいのドアの呼び鈴を押す。

二一・四七　ドアを開けたのは男の人だ。また間違えたのだろうか？　間違いではございませんよ。彼女がお待ちかねです。よろしかったらどうぞ、中へ。

二一・四八　廊下を二人で前進する。絨毯《じゅうたん》、カーテン、絵、花、くらくらするような香水。きっと出るときには身ぐるみ剝がされている。

二一・四九　深紅のヴェルヴェット貼りのドアの前で立ち止まる。私を連れて来た人物は、このドアの向こうに彼女がいると言う。私を待っているのだと。振る舞いやマナーからでは誰だかわからなかったとでも思ったのだろう、彼は自分が監督であると私に告げた。カラテの心得もある、とつけ加える。実際、カラテの方がもうひとつの仕事よりも得意なのだと打ち明ける。だから、馬鹿なことは考えるなよ。私は馬鹿などしないと約束する。監督という言葉の意味は相変わらずわからないのだが、自分がそれだと言い張る男の口調には疑念の余地がない。

二一・五〇　ドアが開く。躊躇《ちゅうちょ》する。入るようにとの声がする。さあ、いらっしゃい。本当にそんなことがあり得るだろうか？

二一・五一　あり得た！

〇二・四〇　私たちは互いの冒険《アヴァンチュール》を語り合い、夜更かししてしまった。グルブもうまくいかなかった。最初は大学教授だった。好きな相手だったが、別れることになったのは、学位論文を書けと言い張ったからだ。それから他の男たちがやってきた。彼としては真面目で洗練された人物がよかった。本人が言うには、ホセ・ルイス・ドレステ〔レガッタ選手。ソウルオリンピックの金メダリスト〕のような人物だ。だがどういうわけだか、決まってもっと口うるさい男たちと恋に落ちてしまうのだった。そんなことになったのも、彼があばずれになったからなのだと私は言った。グルブはそんなことはないと反論する。どういうことかというと、私はいつも人生に押し潰されているのだ、とのこと。熱くなって口論していると、監督がやってきたので、特殊任務を帯びた宇宙人たる我々二人が市井《しせい》の連中のように言い争ってなどいる場合ではないぞとさとされた。ましてや、こんな馬鹿げたことのために、と彼はつけ加える。お望みとあらば、本当に感動的な話を語って聞かせてもいい、と。彼が言うには、涙なしでは聞けない話なのだそうだ。ひどく長生きした人物ならではの話だそうだ。彼は十五人家族だった。実際は彼は一人っ子なのだが、両親が二人、祖父母が四人、殺してもくたばりそうにもない曾祖父母が八人だ。子供の頃はひどい空腹に苛まれ、配給券まで食べる始末だった。それと引き換えに米やレンズ豆、黒パン、脱脂粉乳らが配られることになっていたのだが、待ちきれなかったのだ。そんなつまらない話を聞かされ、しかもそれが延々と続きそうだったので、私たちは早いところ滂沱の涙を流してやって、これまでの仕事の駄賃を払い、暇を出した。

○二・四五　グルブにアパートを案内してもらう。理想的だ。彼が言うには、何もかも自分で選んだのだそうだ。この部屋を私の部屋と比べてみた（頭の中で）ところ、恥ずかしくて赤面する。

〇二・五〇　グルブが重い木製の扉を開け、最近設置したばかりだというものを見せてくれた。サウナだ。もちろん、まだ一度も使っていないし、使おうとも思わないが、チューロを中に入れて保温するのに役立つ。

〇二・五二　チューロで腹を満たしながら、最近の私の不運の数々は彼のせいだったのかと訊ねる。彼はそうだと答えるが、よかれと思ってやったのだそうだ。テレパシーでの会話のいいところは、口いっぱいにものを頬張っていても話ができるところだ。私が前もって立てた計画を無視したのはなぜなのか、おかげで私は傍目《はため》に奇行を繰り返す変人と映ってしまったではないかと問い詰めたところ、ホアキンさんとメルセデスさんのバルでコーヒーを売るだけの生活を私が送るはめになることが許せなかったのだとのことだ。ましてや三階の女性と情交を結ぶなど言語道断。とはいえ、二人が結ばれる可能性は小さかった、というのも私がすっかりへまばかりしていたからだ、と彼は嫌みったらしく言った。こうしてまた口論していると、ドアがノックされた。私たちは玄関まで行った。隣室の住人だ。おかげで眠れやしないと苦情を言いに来たのだ。喧嘩をするなら大声を上げてやってくれ、みんなそうしているのだから、怒鳴りあい、皿を割ったりしながら、とのこと。そんなことには慣れているからいいのだと。ところが、テレパシーでやり合っているとテレビから聞こえてくる。それでもうこりごりなのだとのことだ。

○三・○○　もうとても遅い時間なので、寝ることにした。話は明日にしよう。寝る前にロザリオの祈りを唱える。なぜそういうことをするのかと（喜んで）再びグルブに喰ってかかることになったのは、彼が私に隠れて『マリ・クレール　メゾン』を捲っているのを見たからだ。

○三・一五　グルブに歯を磨くようにと命じる。どれだけ長いことしかるべく磨いていないか、わかったものではないからだ。

○三・二○　何か寝間着を貸してくれないかとグルブに訊ねる。ランジェリーの箪笥《たんす》を開けて見せてくる。見ない方がよかった。

○三・三○　グルブは自分のベッドに寝、私はリビングのソファに横になる。ドアは半開きにする。お休み、グルブ、また明日。ゆっくり休みな。君こそね。いい夢見なよ、グルブ。

○三・五○　グルブ。何？　眠った？　いや、そっちは？　私もだ。牛乳飲むかい？　いや、けっこう。

○四・一○　グルブ。何？　何考えてる？　何も、そっちは？　こうやってまた会えたのだから、これでやっと私たちの愛するあの星へ帰れるということだ。なるほど。

○四・二○　ねえ。グルブ、何だい？　君は私たちの愛するあの星へ帰りたい？　ああもちろん。君は帰りたくないのか？　いや、そんなんじゃなくて、何て言えばいいんだろう。正直言って、ひどく退屈な気がする。やれやれ、グルブ、確かに一理ある。でもだからって他にどうしろと言うんだ？　そうだな、この星に残るとか。それで何をするんだ？　ふむ、いくらでもあるだろう。例えば何がある。二人でバルをやるとか。そいつはいい考えだ。私がホアキンさんとメルセデスさんのバルで働こうとしたときには横やりを入れたくせに、君が言い出したからって私が賛成するとでも思うのか。まったくの別ものなんだ。ホアキンさんとメルセデスさんのバルなんぞ、老人だけが集まる場所だろう。私が言っているのはぜんぜん別ものだ。おしゃれなデザイン、音楽の生演奏、ビリヤード台にタロット台、早朝までの営業で、毎週末には水着コンテストまである。ふむ。なあ、考えておいてくれないか。考えておくよ。

〇四・四五　ねえ、グルブ。何？　金になると思うかい？　おいおい、誰が金のことなんか心配するんだい？　私だ。わかった。だったら心配ない。この種の店にはワンサカ金が入るんだ。確かに最初は入るだろうさ。でも次のシーズンにはまた別の店が流行《はや》る。するとどこかにテコ入れしなきゃいけなくなる。だからどうした？　儲けがなくなったらまた別の店を出せばいい。この街はどこにでも金が埋まっている。それにも飽きたら、今度はマドリードに行けばいい。いいかい、そこはこの世の楽園だ。飛行機で行ったり来たりすればいい。うーん、どうだろう、こうしたことは長続きするんだろうか。いいかい、将来が気になるなら、年金を積み立てればいいだけだ。九千年生きる見込みの者の年金だ。さぞかし〈カイシャ〉銀行はいやな顔するだろうよ。さあ、もう寝かせてくれ。わかったよ、グルブ。怒らないでくれよ。怒ってないよ。とにかく眠りたいんだ。お休み、グルブ。お休み。

二十三日

Dia 23

一〇・一三　呼び鈴の音で目覚める。ここはどこだ？　ソファの上だ。この可愛らしいリビングは？　ああ、思い出した。グルブはどこだ？　寝室のドアは閉まっている。きっとぐっすり眠っているのだろう。彼はこれまでもたくさん寝る方だった。その点私は違う。私は早起きだし、機敏だ。まだ呼び鈴が鳴っている。

一〇・一五　寝室のドアを拳《こぶし》でやさしくノックする。返事がない。自分で呼び鈴に応えることにする。

一〇・一六　ドアを開ける。若い男が白百合の花束を手に立っている。お嬢さん宛です、と言う。五ペセータ硬貨を二枚チップにやると、花束を手渡す。ドアを閉める。

一〇・一八　台所に行く。十ペセータをチップに渡したとメモに書く。私のポケットマネーから出したが、本来、グルブが払うべきものだ。花瓶を探す。見つけたので水を入れ、花をできる限りきれいに生ける。結果はまだまだいい方法があったのではと思われるものだ。たぶん、茎を切りすぎたのだろう。後悔先に立たず。

一〇・二一　花束に添えられた封筒を開ける。手書きのカードがある。読んではならないのだが、読む。ぼくの可愛い子ちゃん。百万回キスを。チュ、チュ、チュ、チュ、チュ、チュ、チュ、チュ、チュ。ぺぺ。

一〇・二四　呼び鈴が鳴る。自分で出ていくことにする。若い男がトリュフ・アイスを手に立っている。五ペセータ硬貨二枚。

一〇・二六　支払いについてメモに書く。トリュフの箱を冷凍庫に入れる。もう一度取り出し、トリュフを十個食べ、気づかれないように残りのものの配列を入れ替え、またトリュフの箱を冷凍庫に入れる。カードを読む。ここに書き出すに忍びない。気温、摂氏二十五度。相対湿度、七十五パーセント。南西の弱い風。海の状態、さざ波。

一〇・二九　呼び鈴が鳴る。自分で出ていくことにする。若い男が籠を手に立っている。籠に入っているのは、アロマ石鹸《せっけん》、入浴用ジェル、モイスチャークリーム、ボディミルク、スポンジ、オー・ド・トワレだ。五ペセータ硬貨二枚。一式をバスルームに持っていく。カードはトイレに捨て（読みもせず）、水を流す。支払いについてメモ。呼び鈴が鳴る。

一〇・三二　自分で出ていくことにする。このたびは若い男ではなく、若く逞《たくま》しい男だった。手に何も持たず、この家の女主人と話したいと言う。この家の女主人は今は不可視だと応える。加えて、よかったら後でまた来てもらいたく、今は名刺を置いていってくれると助かる、と言う。若く逞しい男は、ひょっとして私はこの家の女主人の夫かと訊ねてくる。違いますよ、もちろんそんなわけありません。じゃあ、恋人ですか？　違う。男友だち？　そうでもない。それじゃあ、私は誰で、ここでいったい何をしているのか？　私は監督だ、と応える。それにカラテもできる。だから、馬鹿なことは考えるなよ。いいな？

一〇・三四　若く逞しい男は私の顔を別人のものに変形させ、立ち去る。少なくとも今回はチップをあげずにすんだ。

一〇・三六　廊下の壁に手を突きながら台所に向かっていると、グルブにぶつかる。私が玄関のマットに、ドアの側柱に、鴨居に頭をぶつける音で目覚めたのだ。何が起こったのか語って聞かせると、彼は私に同情するどころか、笑い出す。私が眉をひそめるのを見て取ると、いったいどこから引き出してきたのかわからないその馬鹿な笑いを噛み殺し、説明する。若く逞しい男は何日も前から彼を追いかけ回してはつき合ってくれとしつこくせがんでくる人物だ。ひどい焼き餅焼きで、最近だと昨日も、前の監督を殴って歯を二本折った。乱暴で熱い男だ、と彼は言う。そして、だから気に入っているのだとつけ加える。

一〇・四〇　消毒液で傷の手当をする。顔は痣《あざ》だらけでこれではすっかりトトメス二世〔古代エジプトの王〕だ。包帯をする手間を省いてこの顔でいこう。

一一・〇〇　洗面所から出ると、グルブがテラスから私を呼ぶ声がする。出てみると彼が朝食の準備をしてくれたことを知る（そして喜ぶ）。パラソルの下に置いた大理石のテーブルに食事を並べてある。ちょっとがっかりしたのは、その内容だ。グレープフルーツ半分、レモンティー、トーストにバターとオレンジ・マーマレード。私が望むのはメルセデスさんとホアキンさんのバルのナスの卵とじとビールなのだ。けれども、与えられたものを黙って食べる。近隣の家々の窓や屋上から双眼鏡や地上用、天体用の望遠鏡などが覗いている。グルブのサーモン・ピンクのガウンがターゲットだ。デバガメどもの焦点を狂わせる光線を送ってやろうかとも考えたけれども、気づいていないふりをすることにする。

一一・一〇　あっという間に朝食を平らげる。グルブはタバコに火をつける。わざと激しい咳をしてみる。タバコは迷惑だし極めて有害だと気づかせようとしたのだ。中毒になりたいというなら、ひとりでなればいい。だが他の人間にまで毒まみれの空気を吸わせないでもらいたい。咳をしてそういう健康的なメッセージを暗に送ってみたのだが、空振りに終わったようだ。グルブはタバコを吸い続け、私の喉はひりひりしてくる。

一一・一五　グルブに昨夜言ったことは本気かと訊ねてみる。逆にグルブは私に、それはいったい何のことかと訊ね返す。他に何があろうか。モダンなバルのことだ。ああ、もちろん、真剣だとも。水着コンテストのことは？　やはり本気か？　もちろん、と彼は言う。ひょっとして私が司会するのか？　当然だ、と彼。それで勝者にリボンを掛けるのか？　そうしたければどうぞ、と言う。そのための店の経営者なんだから。

一一・二〇　朝食を片づけ、台所に持っていく。グルブはテラスに残って『ラ・バングワルディア』紙を読む。流しに皿とティーカップ、ナイフとフォークを置く。

一一・三〇　皿を磨く。

一二・三〇　掃除機をかけ、中の袋を取り替える。

一三・〇〇　窓を磨く。雨が降りませんように。

一三・三〇　洗濯をする。シーツにアイロンをかける。古くて糸のほつれたシーツが一枚あったので、それでぞうきんを作る。

一四・〇〇　グルブにここでは昼食は何時なのかと訊ねる。答え、何時であろうとここでは昼食は摂らない。彼（グルブのことと理解される）の昼食のことならば、三十分後に〈カフェ・デ・コロンビア〉と〈バケリーア〉、〈ドラード・プチ〉〈バルセローナ店およびサン・フェリウ店〉で待ち合わせがある。いつも三人ずつから招待を受けるらしい。そして最終的にどれにするか選ぶのだ。私の食事ならば、冷蔵庫にあるものは何でも食べていい、とのこと。

一四・三〇　グルブはシャワーを浴び、香水をつけ、髪を梳かし、服を着て、化粧をする。私に電話でタクシーを呼ぶように言う。まあ大変、どうしましょう、いつだって時間がないわ、どこに行くにもいつも遅れるんだから、と叫んでいる。こんなんじゃやっていられない、とも叫ぶ。もう少し早起きしてもう少し落ち着けば、そんなに息を切らせることはないのじゃないかと言おうとしたが、もう出かけた後だった。あちこちに脱ぎ捨てた服を拾い集めるはめになる。

一四・五〇　冷蔵庫にあるものといえば、半分空いたカバのボトル一本にしなびたランの花、それに試験管が何本かだが、その中身は調べないでおこう。

一五・〇〇　〈カサ・ビセンテ〉で昼食。季節のサラダかガスパチョ、マカロニとチキン、六百五十ペセータ。パンと飲みもの、デザート、コーヒーは別。消費税とチップを合わせると九百ペセータばかりになった。

一六・〇〇　グルブのアパートに戻る。留守電に三十いくつものメッセージ。最初の四つだけ聞く。郵便物を確かめる。請求書だらけだ。

一六・四〇　写真のアルバムが二冊。新聞の切り抜きもある。サ・トゥーナ海岸でのグルブ、王宮でのグルブ、サンフェルミン祭でのグルブなどの記事だ。ゆがんでピントもずれたポラロイド写真が一枚あるが、これはパリの街路と思われる場所で、グルブが見知らぬ誰かと一緒にいる写真だ。ダニエッリ・ホテルに入るグルブ。ハリーズ・バーから出てくるグルブ。鉱山技師たちのプロモーションで来賓として招かれている。ショーの後、イヴ・サン＝ローランに抱きついている。マドリードのカステリャーナ大通りに面したバルのテラスでマリオ・コンデ〔銀行家〕とくつろいでいる。I・M・ペイ・アンド・パートナーズ〔ルーヴル美術館のガラスのピラミッドなどで知られる建築家イオ・ミン・ペイ〕と踊っている。魚雷発射艇〈ホセ・マリア・ペマン〉の進水式に立ち会っている。カステリャーナ大通りに面したバルのテラスで二人のアルベルト〔有名ないとこ同士の弁護士。二人して実業家姉妹と結婚し、離婚騒動がスキャンダルになった〕と同席している。サザビーズに入店している。サックス百貨店五番街店でゴルバチョフ夫人と買い物をしている。サックス社長と五番街店長が高名なる顧客に挨拶しているのだ。

Dear ladies, *dear* ladies（これはこれは、奥様方）と！　マドリードの動物園で生まれた最初（にして最後）のサイの命名式の貴賓。カステリャーナ大通りに面したバルのテラスで二人のマルセリーノと談笑している。アリー・アクバル・ハーシェミー・ラフサンジャーニー〔イランの第四代大統領〕と踊っている。

一七・〇八　角のスーパーマーケットにやって来た。食料、掃除用品、ワイン、ガス入りミネラルウォーター、クリネックス、しめて一万三千六百七十四ペセータ。レシートを受け取って値段をチェックする。ホンダ・シビックの抽選の当選番号が当たっている。

一七・三〇　グルブのアパートに戻る。子供番組『ユピの世界』を見る。

一八・〇〇　カタルーニャ語放送『夕方のニュース』を見る。

一八・三〇　バスク語放送 *Maritrapu eta mattintrapuren abenturak*『ぼろ布マリと雑巾マティンの

冒険』を見る。その後、ビデオクリップを見る。

二〇・〇〇　鍋で湯を沸かし始める。そこに塩を入れる。ニンジンとジャガイモ、キャベツ、ポロネギ、セロリ、鶏手羽、仔牛の骨を入れる。時間を計る。

二一・三〇　火を止める。テーブルの準備をする。テラスの植物に水をやる。

二二・三〇　ひとりきりで夕食。

二三・〇〇　夜の上映会。「この親にしてこの子」シリーズ。今日は『ベン・ハーの息子』（一九三一）。出演はベン・ターピンとオリヴィア・デ・ハヴィランド。来週は……『バララーサの息子』。出演はホセ・ササトルニル。

二四・三〇　歯を磨く。お祈りを捧げ、ソファに横になる。グルブは帰ってこない。

○一・○○　眠れない。

○二・○○　眠れない。

○三・○○　眠れない。

○四・○○　起き上がる。部屋の中をあちこち歩きまわり、神経を鎮める。家具の配置に慣れていないので、あらゆる家具の角に脛《すね》をぶつける。

○四・二○　テーブルに腰かけ、紙とマジックを取り出す。

「グルブへ

時には長く一緒に住んだふたりでもお互いのことをわかり合えないことがある。逆の場合もある。つまり、少しの時間しか一緒に住んでいないのに、それでも、皮肉なことに、お互いをよくわかり合うことがある。また別の場合もある。どういう場合かというと、長く一緒に住んで、一方はもう一方をよく知るにいたるのだが、もう一方は相手をよく知るにはいたらないというケースだ。この場合、お互いのことをよくわかり合ったとは言えないが、でもどちらもお互いのことをわからなかったとも言えない。もちろん、それもこれも、私たち二人にはまったく関係がない。だがこのことをあえて引き合いに出すのも、私が自分の話に関係ない、あるいは適切ではない要素を介入させようとしていると考えてもらいたくないからだ。もっと言えば、私は手紙を始めから書き直そうと思う。というのも、ひとつには、今し方書いたばかりの理由があるからだし、もうひとつには、しばらく前から私は自分が何を書いているのかわからなくなっているからだ。」

○四・三五　「グルブへ
　まず何よりも、私は二つの基本概念を明確に区別しようと思う。二つというのは、原理と規則だ。」

〇四・五〇「グルブへ
もうすぐ夏だ。そろそろ出発の頃合いだ。」
〇四・五一　化粧台の鏡に糊を一滴使って手紙を貼り付ける。書いたものを読み返す。イヴ・モンタンの外見をまとうことにして、表情も豊かに歌う。

Si vous avez peur
des chagrins d'amour,
evitez les belles…
（恋の悩みが
怖いなら、
美人はおよし）

歌い方は今ひとつ冴えなかった。というのも、何かの仕組みの間違いで、私はジャック＝

イヴ・クストー〔フランスの海洋学者、海洋記録映画監督〕に変身したからだ。潜水具をつけていたのでは、上手く歌えたものではない。

○五・〇五　爪切りを使ってグルブの衣装ダンスを微生物の大きさに切り刻む。

○五・一二　香水を台所の流しに捨て、空瓶に硫酸を詰める。壁の絵にひげを描き入れる。冷蔵庫にたっぷり虫を入れてやる。カーテンに鼻クソをつける。留守電におならの音を吹き込む。浴槽に豚を入れる。扉をバタンと閉めて部屋を出る。

○五・三五　界隈で唯一開いていたバルに入る。客はたくさんいるが、大半は床に寝そべっているので、カウンターにたっぷり場所を取ることができる。ウィスキーを六杯頼む。ダブルでだ。

○六・三五　自分のアパートに帰り着く。自分のベッドに突っ伏し、まぶたを閉じる暇もあらばこそ、ぐっすり寝込む。

二十四日

Dia 24

○九・一二　目が覚めるとひどい二日酔いだったが、下した決断には満足している。チューロとウィスキーで朝食。気温、摂氏二十二度。相対湿度、六十八パーセント。雲が厚く、海岸部の見通しが悪い。海の状態は一メートル未満の波で泡立っている。計画には完璧な日だ。

○九・三〇　部屋を出てしっかりとした足取りで階段を下りる。階段は動いているけれども、これは私の責任ではない。管理人が洗濯物をエレベータのケーブルに干している。彼女と個人的な話がしたいと言葉をかける。管理人室に行ってもいいですか？

○九・三一　管理人は私を建物地階にある管理人室へ導く。部屋を見せながら、この部屋は夏は竈《かまど》のようだし冬は冷蔵庫だと語る。台所がないのでニシンをフライにするのにガスコンロを使わなければならないとも言う。しかも煙が充満してテレビが見えない。浴室もないとも言う。幸いにして、建物の配管がこの部屋を通っているので、落ちてくる水滴をシャワー代わりにしている。加えて言うには、けれども、それもこれも、私には関係ないだろう、ということだ。

〇九・四七　私はそれに応えて、この街を出ることにしたと伝える。そしてそんなわけだから、私の部屋を彼女（管理人）に差し上げると。登記書類と鍵を引き渡す。管理人は白状すると私が本物の紳士だってことは最初からわかっていたと言う。他の人たちとは大違いだ、いい格好して、自分を大きく見せようとして、それでいていざという時には何の役にも立たない、そんな連中とは違う、と。我々の友情のあかしに、持って来たウィスキーのボトルを注ぎわけ、杯を交わす。

一〇・〇〇　管理組合理事長の部屋に人間の姿になって現れる。重要な役職にある人だというのに、パジャマ姿で私を迎え入れる。私がここに来たのは基金を提供するためだとお知らせする。その金で使い物にならないあのエレベータを新しいのに替え、階段のペンキを塗り、正面の壁を修復し、配管を交換し、インターフォンを修理し、屋上のヒビを埋め、パラボラ・アンテナをつけ、玄関に絨毯を敷いてほしい。加えてお願いしたことは、その代わりに、私のことはいいやつだと思い出してもらいたいということだ。というのも、私はもうすぐ旅に出るからだ。理事長は住人全員が私のようだったらこれだけの社会主義やら厄介ごとやらは必要なかっただろうに、と言う。ウィスキーを酌み交わす。

一〇・二〇　私のあの人の部屋に現れる。彼女が手ずから開けてくれる。ちょうど今まさに出かけようとしていたところなので、よかったら後でまた来てくれないかと言う。後でということはないと応える。というのも私自身も出ていくところだからだと。それにいつ帰ってくるかはわからないと。入れてくれませんか？　ほんの一分だけ。彼女は応じたけれども、不承不承だった。きっともうすっかりウィスキーの悪臭芬々《ふんぷん》なのだろう。

一〇・三〇　配慮に配慮を重ね、私は彼女に彼女個人の状況についての不躾《ぶしつけ》なお知らせをしたいと申し出る。状況というのは愛情面でのものと経済的なことだ。その両面において彼女の状況は惨憺《さんたん》たるものだと言わざるを得ない、と。加えて、愛情面に関しては何も差し出すことができないと述べる。差し上げるべきものがないのだ。時間すらない。経済面に関しては……

一〇・三五　咳払いする。ウィスキーをひと口飲んで勇気を出す。続ける。

一〇・三六　……経済的なことに関して言うなら、何しろ私は独身で、土地持ちで、生来気前がいい。そこで、ご迷惑でなければ、（スイスの）銀行になにがしかの金を置いていく決意をしたので、それで彼女の息子の教育費をまかなってもらいたい、と言う。今のところはここで教育を受け、将来、その時が来れば、ハーバードのビジネス・スクールで勉強するための学費だ。か細い声でつけ加える。彼女に関しては、私たちの短い近所づきあいの思い出として、どうかこのエメラルドのネックレスを受け取ってもらいたい。

一〇・三九　あの人にネックレスを引き渡す。ウィスキーのボトルがもう空だ。慌てて彼女の部屋を飛び出し、階段を転げ落ちる。

一二・〇〇　地下鉄の駅から宇宙船まで歩いて行く。着いてみるとがっかりした。ツタがハッチに絡みついて開けられず、ところどころエナメルが剝がれている。誰かがドアから聖心の像を引き抜いていった。このままでは星に帰れない。

一二・〇二　地元でたわしと家庭用洗剤〈ビム〉、それにゴム手袋ひと組を買う。宇宙船に戻り、一生懸命ゴシゴシ。

一三・三〇　少しばかりの湿気を除けば、宇宙船内部は深刻な損傷は被らなかったようだ。圧力計と燃料を点検する。すべて正常だ。操縦パネルの前に座る。着火レバーを動かす。ぶるん……ぶるん……ぶるん……

一三・四五　ぶるん……ぶるん……ぶるん……

一四・〇〇　ぶるん……ぶるん……ぶるん……

一四・二〇　ぶるるるるるるるるるるんんんんん！

一四・二一　ちくしょう、ぶったまげたぜ。

一四・二二　エンジンを切る。再び外に出て食料を補給する。

一五・〇〇　宇宙の旅を快適なものにするために必要なものを宇宙船に積み込む。練り歯磨き、新刊書の数々、自転車一台、モンジュイックの丘の交通機関問題についての暗号化されたまとめ。それから細々としたもの。

一六・〇〇　食料貯蔵庫に商品をいっぱいに詰めたところで、ゴキブリの侵入を受けていることに気づく。どうしよう？　〈クカル〉噴霧スプレーを準備してもいいのだが、ひとたび純粋知性体に戻ったら、どうやってボタンを押せばいいのだ？

一六・二〇　何度か試した末に、アンターレス座のAFドッキング・ステーションとのコンタクトに成功する。地球での任務が終わったので、悪天候（宇宙飛行にはもってこい）を利用して帰還の準備をする、と報告する。同時に、帰還は私ひとりで行うことも伝える。任務に同行したグルブという名の者が遂行中に行方不明になったからだと。彼の年老いたご両親を悲しませまいとして、本当のことを言うのは避けた。

一六・三〇　アンターレス座のAFドッキング・ステーションがもう一度繰り返すようにと頼んでくる。どうやら受信に手こずっているようだ。

一六・四〇　メッセージを繰り返す。アンターレス座のAFドッキング・ステーションの者たちが言うには、本当は私のメッセージは最初からよく聞き取れたのだとのこと。ただ、繰り返すようにお願いしたのは、私がすっかりカタルーニャ語訛りで話すようになっているのがおもしろかったからだと。

一七・〇〇　メルセデスさんとホアキンさんのバルに人間の姿で現れる。メルセデスさんはカウンターの向こうで何ごともなかったかのように立っている。ホアキンさんは同い年の客三人とドミノをしている。感動の再会。ナスの卵とじ、ビール。別れを告げに来たと伝える。自分の土地に帰るのだと。ほらね、ホアキン、言ったでしょう？　この人はこの土地の者じゃないって。買ってきたプレゼントを渡す。家とフロリダの八エーカーの土地だ。どうかゆっくり休んでほしいのだ。おやまあ、こんなこと、もったいない。高くついたでしょう。いいえ、それは言いっこなしです、メルセデスさん。それだけのことを、いやそれ以上のことをしてもらったんですから。さようなら、さようなら。ハガキを書いてちょうだいよ。

一九・〇〇　離陸の準備は万端整った。下部扉も閉めた。カウントダウンを始める。百、九十九、九十八、九十七。

一九・〇一　背後で大きな音がする。ゴキブリどもか？　見に行く。

一九・〇二　グルブ！　いったいここで何してるんだ？　しかもそんな二十センチものハイヒールを履いて！　そんな格好で宇宙旅行（それとも時間旅行？）をするつもりか？　グルブは私にトランスミッション・パネルのスクリーンに出た暗号化されたメッセージを見せる。

一九・〇五　メッセージを解読する。最高顧問会議からのものだ。我々の地球上での任務が成功裡に終わった（そのことについてはおめでとうを言う）ので、今度は、目的は同じだが、方向を変えて惑星ＢＷＲ１４３に向かってもらいたい。これはケンタウロス座アルファ星の周りを（馬鹿みたいに）回っているものだ。そこに着いたら、地球でのときと同様、その惑星の住人の姿にならなければならない。足が四十九本あり、そのうちわずか二本だけが地面についている。目が一個に耳が六個、鼻が八つ、歯は小さいのが十一本だ。食べものは泥と毛むくじゃらのイモムシ。それを前か後ろかわからない場所についた触覚で捕まえて食べる。

一九・〇七　グルブが頬を膨らませていることから判断するに、我々に託された使命にふさわしいプライドを感じていないようだ。（私が）教育的手段に訴えると、それに応じて彼は熱意の無さを口に出してしまいかねないのだが、その前にいくつかの道理を三つ（ないしはそれ以下）の範疇にグループ分けして説いて聞かせる。つまりこういうことだ。a）上の人たちは常に、私たち自身よりも私たちにとって何が有益かを心得ている。b）それまで知らなかった世界に触れ、新たな文化を知ることによって常に私たちは成長する。c）予算を牛耳る者が常に命じるのだ。個人的な意見としてつけ加える。特に彼の場合、姿を変えるとなると恐れを感じるだろう。というのも、最近彼はしばしの間お馬鹿さんになったわけだが、その若くてきれいで金持ちで旬な女の姿を捨て、吐き気を催すような虫にならなければならないというのだから。それに対してグルブは応えて、まったく目を見張るような明断さだ、納得のいく説明だ、と言う。

一九・五〇　宇宙船の離陸は順調に予定の時刻に行われる（宇宙アストロラーベ時刻の九八三

六七四八五六七三九時）。離陸時の速度、通常尺度（限定版）〇・一二。近日点に対する入射角、五十四度。飛行予定時間、七百八十四年。目的地、ケンタウロス座アルファ星。

一九・五五　グルブと私は公共事業・都市化省の看板の背後から抜け出てくる。タービンからの熱で少しばかり焼け焦げている。宇宙船が雲の向こうに見えなくなるのを見送る。急がなければ、地下鉄の駅に着く前に雨に降られては厄介だ。

二〇・〇〇　グルブは私が馬鹿者だと意見する（私の判断ではそれは間違いだ）。誰彼なしに見栄っ張りな贈り物をして一文無しにならなければ、タクシーを呼んで歩かずにすんだのに、と言うのだ。おまけに言えば、彼はタイトスカートを穿《は》いているのでひどく歩きづらいのだと。以後は金のことは彼がやりくりするとつけ加える。宇宙船を出た（法の外にある）とはいえ、私が上司であることに変わりはないのだと思い出させようとしたが、その前に一台の車が通りかかり、グルブが手を挙げると、車は停まる。グルブはスカートをたくし上げ、車に向かって走る。私が強い調子で待てと言うのに耳もかさず、車に乗りこむ。車は走り出す。

〇二・〇〇　グルブは居場所を知らせてこない。

訳者あとがき

本書はEduardo Mendoza, *Sin noticias de Gurb*（1991）の全訳である。底本にはSeix Barral社のエドゥアルド・メンドサ叢書Biblioteca Eduardo Mendoza版（二〇一二）を使用し、そこに掲載された一九九九年二月付の「著者覚え書き」も併せて訳した。

作者エドゥアルド・メンドサは一九四三年バルセローナ生まれ。大学で法学を修めた後ヨーロッパ各地を旅し、イギリスに留学し、アメリカ合衆国で国連の通訳・翻訳官を勤めたりもしたが、一九七五年の小説『サボルタ事件の真相』*La verdad sobre el caso Savolta* の発表以後、ほとんどはバルセローナ在住だ。

メンドサが青春時代を過ごしたころのバルセローナはフランシスコ・フランコ独裁政権時代の末期（『サボルタ事件の真相』発表の年にフランコは死んでいる）だが、同時に、スペイン語圏ラテンアメリカ諸国の作家たちの大作が次々と発表されていた時代でもある。ともにノーベル賞を受賞したペルーのマリオ・バルガス＝リョサ（一九三六―）やコロンビアのガブリエル・ガルシア＝マルケス（一九二七―二〇一四）らに代表される一群の作家たちの活躍は、ラテンアメリカ文学の〈ブーム〉と呼ばれた。その〈ブーム〉を下支えしていた功労者のひとつは、今ではメンドサの小説の叢書を出版しているセイクス・バラル社（バルセローナに本社を置く）などスペインの出版社でもあった。二十歳代のメンドサはこの〈ブーム〉を間近で経験して、魅了されたはずだ。事実、二〇一三年四月、セルバンテス文化センター東京の招きによって来日し、当時私が勤めていた東京外国語大学で講演したメンドサは、聴衆からの質問に答え、「本屋に行くたびに新しい大作が並んでいてワクワクした」と当時の読者としての興奮を語った。

こうした刺激を受けながら文学的教養形成をしてきたせいか、スペインではメンドサから下の世代には実に優れた作家が多数ひしめいている。ファン・ホセ・ミリャース（一九四六―）は残念ながら邦訳はないが、エンリーケ・ビラ＝マタス（一九四八―）は既に二作品が日本にも紹介されている（いずれも木村榮一訳で『バートルビーと仲間たち』〔新潮社〕、『ポータブル文学小史』〔平凡社〕）。アルトゥーロ・ペレス＝レベルテ（一九五一―）は邦訳も多数ある日本でも人気の作家だ。同年のハビエル・マリーアスは近々、『白い心臓』（有本紀明訳、講談社）以来久々の翻訳が出るらしい。やはり同年のロサ・モンテーロなども特筆すべきだろう。この作家たちがラテンアメリカの〈ブーム〉の世代の直系の後継者だと言うつもりはないが、少なくとも彼らはスペイン語圏の先輩作家たちに多大な刺激を受けてきたに違いない。そういう、いわばポスト〈ブーム〉の世代があるのだということは確認しておいていいだろう。

そんな世代の筆頭に位置するのがエドゥアルド・メンドサであることは、二〇一五年のフランツ・カフカ賞受賞決定のニュースが証明してくれた。それだけ重要な作家の、彼自身が「私が出した本でも、おそらく一番売れたもの」と述懐するとおり、最も読まれ、愛された著作が、本書『グルブ消息不明』である。一九九〇年八月一日から二十五日にかけてスペインを代表する新聞『エル・パイス』に連載された小説だ。小説と呼ぶのに著者本人はためらいを覚えるかもしれない。「著者覚え書き」にはそうしたためらいが読み取れるようだ。著者の思いはともかく、これは立派な小説だと私は思う。同時代のバルセローナに到着した宇宙人が、相棒グルブの行方を追いつつ市内を歩き回り、周囲の人間と街を観察するというストーリーもさることながら、読書の楽しみを引き出すその引き出し方が、実に小説的で、いかにもメンドサらしいとも言える。

「バルセローナは当時、未曾有《みぞう》の状況にあった」と作家は述べている。やはり「著者覚え書き」でのことだ。「オリンピックが近づいていたので街中が大わらわだった」というのだ。実際、一九九〇年当時、バルセローナはオリンピック景気に沸いていた。一九八六年、ＩＯＣ（国際オリンピック委員会）は九二年のオリンピックを当時会長だったファン・アントニオ・サマランチのお膝元バルセローナで開催することを決定した。一九九二年はコロンブスがカリブ海に達し、アメリカ世界をヨーロッパ世界に組み込んでから五百年を数える記念の年だ。大通りランブラスが港に出会うあたりにコロンブス像を据えている港湾都市バルセローナでオリンピックを開催するというのは、そうした記念年への配慮もあってのことかもしれない。

開催が決定してから実際の開催までの期間に、ホストとなる都市はオリンピックに向けて会場の整備を行う。会場の整備とは、すなわち都市の整備だ。バルセローナはオリンピック開催までの五年で二十五年分の都市化を達成したと言われるほどに目まぐるしい変化を遂げた。最大の目玉は、市北東沿岸部の工場地帯付近にあるスラム街と呼べるほどの荒廃した地域を、オリンピック村にして近隣を開発したことだ。それまであまり人の近づかなかった地区の四キロほどの海岸線が、多くの人にもアクセス可能な場所になった。

オリンピック後も都市開発は進み、市内を文字どおり斜めに突っ切る目抜き通りディアグナル（長方形の対角線の意味）は最初の計画から百五十年の時を隔ててやっと二〇〇〇年代、海岸まで達した。バリオ・チノ（中国人街／外国人街）と呼ばれた移民や労働者の地区ラバルには、バルセローナ現代美術館が建てられ、遊歩道ランブラ・ラバルが通り、今ではすっかりお洒落でアーティスティックな街区へ変貌した。『グルブ』の頃から現代までの変化も目まぐるしいものだ。

オリンピック以後の変化はともかくとして、『グルブ消息不明』の舞台、一九九〇年のバルセローナは、そういう状況下にあった。オリンピックに向けて、日本円にして一兆円規模の予算がつぎ込まれた通常の五倍の速度の都市化が進行中だった。「未曾有の状況」と著者が言ったのは、そういうことだ。語り手の「私」（つまりグルブの相棒）が電話局やらガス会社やらの開けた穴に落ち、工事中の道路に行く手を阻まれ、美術館に行っては閉館中と知らされるのは、こうした時代のバルセローナだからこその展開なのだ。決して宇宙人が間抜けだったからではない。それも理由の一部ではあるが。

　都市化とは、都市の影の部分を切り捨て、全面、明るい日向の部分に変える試みにほかならない。工場周辺のスラムはオリンピック村に、そして後にビーチになったのだった。労働者や移民の街区はお洒落な一角に変貌を遂げたのだった。以前そこに住んでいた低所得者層はどこかに退去させられたのだ。ということは、場合によっては、一種の強制が働いたかもしれない。強制は必ずしも暴力によるものではないかもしれないけれども、いずれにしろ、何らかの軋轢《あつれき》は生じたはずだ。そこにならず者の介在する余地が生まれる。「何かが単調さに穴を開けるときはいつもそうだが、ならず者があちこちから鼻先をのぞかせていた」と、やはりメンドサは書いている。

　話をオリンピック前の一九九〇年前後に絞らないならば、バルセローナの都市化とそれに伴いそこに蝟集《いしゅう》するならず者たちこそが、作家が得意として描いてきた対象だった。デビュー作『サボルタ事件の真相』は、第一次世界大戦時に武器製造・販売で成長した会社〈サボルタ〉の工場労働者の連続殺人事件を扱った作品だ。労働運動、財閥の娘に取り入る婚約者、怪しげなジャーナリストなどが、二〇世紀初頭の増大する都市を背景にいがみ合ったり暗躍したりするこの小説は、一九八〇年には映画化もされた（日本未公開）。メンドサ作品中で国際的に最も高く評価されているのは『奇蹟の都市』*La ciudad de los prodigios*（一九八六）だろう。邦訳も存在する（鼓直、篠沢眞理、松下直弘訳、国書刊行会）。タイトルが示唆するように、これもまたバルセローナの都市化を背景にした小説だ。一八八八年と一九二九年の二つの万国博覧会に挟まれた時代に、地方から出てきて暗黒街でのし上がる人物の半生を重ね合わせたものだ。都市が舞台でならず者が暗躍する。これがメンドサの得意とする小説世界だ。

　ならず者が暗躍する都市の小説ならば、推理小説、犯罪小説などとの親和性も高い。「著者覚え書き」の冒頭に言及される二作品、『地下納骨堂の幽霊の謎』と『オリーヴの実の迷宮』は探偵小説の体裁を取っている。「名もなき探偵のシリーズ」といって、現在このシリーズにはもう二作ほど加わっている。「名もなき探偵」というと何だか孤独の影が射し、いかにもハードボイルドな印象を与えるが、何のことはない、主人公が語り手でもあり、その彼は誰からも名前を呼ばれることがないので、読者は彼の名を知ることができないというだけのことだ。ちょうどグルブを探す相棒、というか上司（宇宙人）が何という名なのか私たちにはわからないのと同じだ。

この「名もなき探偵のシリーズ」は、内容もハードボイルドな探偵ものというよりは、一種のおかしみを特徴としたものだ。たとえば、このシリーズの今のところの最新作『銀行強盗と人生はややこしい』*El enredo de la bolsa y la vida*（二〇一二）は、客のひとりも来ない美容院店主の「私」すなわち「名もなき探偵」が、精神病院に入院していたころの仲間に銀行強盗の手助けをするように頼まれて断るのだが、その仲間が失踪し、彼を探すことになる話だ。この設定自体が、もう普通の探偵小説とは異なる奇妙なものだということはわかっていただけることと思う。捜査を続けていくと、主人公はやがてドイツ首相アンゲラ・メルケル誘拐事件に関与することになるという展開が、よけいにおかしい。メルケルがちゃきちゃきのスペイン語で主人公と会話を交わすシーンなど、なんともユーモラスだ。メンドサは単なる犯罪小説ではなく、犯罪小説のパロディ、もしくはユーモラスな模倣でも知られた作家と言っていい。都市を舞台にならず者たちがうごめく様をユーモアたっぷりに描く。それがメンドサの真骨頂と言っていいだろう。そう考えると、この特徴はそのまま『グルブ消息不明』にも当てはまることがわかる。

メンドサらしさが詰まっていながら、本人が述べるように短くて楽しい本。それが『グルブ消息不明』だ。メンドサ文学への格好の入門書だ。本人はさらに「ひどく簡単に読める」と言っているけれども、これは謙遜というものだろう。小説というのはなかなか簡単には読めないところを含む。簡単に読めないところというよりは、読むのを中断してでも立ち止まってじっくりと考えたくなる箇所というのがいくつか（いくつも）あるものだ。『グルブ消息不明』も、その軽妙な内容のわりに立ち止まって考えたくなる箇所、考えなければいけない箇所はある。

そもそも、私たち日本の読者にとって、小説の舞台となっている二十五年前のバルセローナは語り手の宇宙人にとってと同じくらい見知らぬ街だ。時には私たちは宇宙人と同様に道に迷ってしまいかねない。語り手と同じ立場に立つと、感情移入の余地は生まれるかもしれない。けれども、それでは読書の楽しみも少しばかり奪われてしまいかねない。当時の地図（八九年）を見返しに付した〔編注：周辺地図は二〇一五年を使用〕。それを参照し、宇宙人の歩んだ足跡を地図上でたどり直して見るのも面白いだろう。まずは第一の立ち止まるべきポイントだ。

一九九〇年に発表されたこの小説を四半世紀も経ってから読むことによって深い感慨をもたらす結果が生じることもある。たとえば二十一日から二十二日にかけて、「私」が謎の手紙に誘われ、会員制クラブのようなところに潜入し、働きずくめの「お偉いさん」と知り合うシーンだ。

ここで「お偉いさん」と訳したのは ejecutivo のことで、ejecutivo とは、本来、会社の重役の意味だ。英語で言う executive。エグゼキュティヴだ。日本ではエグゼクティブと書くことも多い。この語はこの時代の流行だった。スペインに限らず、たとえば、メキシコでも、日本でも、おそらく、世界のかなりの国々に共通する流行現象だった。だから小説発表時ならばバルセローナのことなど知らなくても、楽しく読めた箇所だろう。

一九八四年のアメリカ合衆国大統領選挙で、民主党の候補の座を争ったゲイリー・ハートの巻き起こした旋風とともに、ヤッピー Yuppie（スペイン語圏の人たちはユッピー／ジュッピーと発音する）という新語が流行った（語自体ができたのはその二年前）。Young Urban Professional の頭文字に -pie の語尾をつけた造語だ。若くプロフェッショナルな都市生活者。プロフェッショナルというのは専門職という程度の意味と取っていいだろう。医者や弁護士、映画スター、等々、今ならセレブ（セレブリティ celebrity——有名人——だ）と呼ばれるだろう立場の人々だ。こうした人々に対する会社勤めの人たちのカウンターパートとでもいうかのように、ほぼ同時期に流行った語がエグゼクティブだ。時に「若い」の意の形容詞「ヤング」を伴い、ヤング・エグゼクティブなどとも言われた。若くして会社の経営に参画する立場に立つパワーエリートだ。日本では「ヤンエグ」などと略されもした。このころから皆が（『グルブ』の語り手が観察しているように）ハーバード大学などアメリカ合衆国の名門大学で経営学修士（ＭＢＡ）を取りたがるようになった。

もちろん、会社勤めの誰もが重役にまで上り詰めるわけではない。ましてや若くして語の正当な意味でのエグゼクティブになれるわけではない。ヤング・エグゼクティブというのは、あくまでも潜在能力の話か、でなければ願望の籠もった語だ。語意がインフレを起こしていただけのことだ。当時の地価のように不当に高騰していたのだ。かくして単なる勤め人がエグゼクティブになった。皆、重役並みにバリバリ働いた。

八〇年代後半から九〇年前後にかけての時代は、日本ではいわゆる「バブル経済」の時期だ。世界的に見れば、主要先進国の多くが新自由主義経済政策を採用し、ブロック化（北米自由貿易協定ＮＡＦＴＡやＥＵ）への動きが本格化しているころだ。いわゆるグローバル化が推進される時代だ。勝ち組／負け組などというあの忌まわしい語が登場して、経済格差が顕在化しようかという時期だ。誰もが勝ち組になりたいと必死で働いた。エグゼクティブなどという語は、その必死の願望を表現していたのだろう。この語はグローバル化の原動力であり、同時にその結果の末端における発露と見ることができそうだ。

もちろん、皆が額に汗して重役並みに働いたわけではない。皆が勤め人ではない。この流れを斜に構えて見ていた人々もいただろう。本書における「お偉いさん」の扱いは、この時代のこうした（自称？）パワーエリートたちを揶揄《やゆ》して時代に逆らうものだろう。現在、私たちの社会をすっかり飲み込んでしまったグローバル化の波のあり方を、ここを手がかりに考えてみるのも面白いかもしれない。ここにも立ち止まるべき地点がある。

『グルブ消息不明』の中で最も小説らしい場所は、二十日夜の中華料理店主のエピソードかもしれない。「私」（宇宙人）が入った先の中華料理屋で店主の人生に聞き耳を傾けるのだった。それによると、店主は「子供のころサン・フランシスコに移住しようとしたところ、船を間違え、バルセローナに着いた」というのだ。ありえない勘違いだと思うのだが、これはそもそも非現実的な設定に基づくユーモア小説だ。細かいことは言わずに読み進もう。すると「私」は、この店主が「アルファベットを習わなかったので、いまだに間違いに気づいていない」との観測を述べ、「私も彼の間違いを正そうとは思わない」として店主を誤謬《ごびゅう》の中に放置する。

笑いは、時に、このような差別ぎりぎりのところで生じる。字が読めずいまだに間違いに気づかないというのだから、この中華料理店主は、きっとスペイン語がしゃべれないのだろう。それをいいことに、間抜けな間違いを犯した中国人を笑いものにしている。人によってはここに人種差別を嗅ぎ取り、憤るかもしれない。

ところが、次の一文から様相は一変する。こう続くのだ。

> 結婚し、四人の子がいる。ピラリン（長男）とチャン、ウォン、それにセルジだ。月曜から土曜まで、日中ずっと働いている。日曜は休日にして、家族を連れて金門橋《ゴールデンゲートブリッジ》を見に行く（見つからないけれど）。中国に帰るのが夢だと語ってくれる。そのために仕事をして金を貯めているのだと。（一四〇ページ）

子供の頃に移住した先が間違いであることに気づかないで結婚し、子供ができてもなお間違いに気づかないでいられる者はいない。そんなことはわかりきった話だ。だが、このありえない設定によって一種の情緒が醸されている。中華料理店主はもう何十年も休みのたびに金門橋を探しに行っているというのだ。店主は間違いを犯しいつまでもそれに気づかない間抜けな人物から、見果てぬ夢にとらわれた哀愁を帯びた人物へと一気に変じているわけなのだった。こうした哀愁、情緒をうみだす言葉の操作。この抒情性を文学的と呼んでもいいだろう。

店主の子供の名前も興味深い。チャン（張）やウォン（王）など、むしろ苗字に使われそうな音／文字を個人名に選んでいるから、作者は中国人のことを知らないのだと糾弾したいのではない。そうではなくて、最後の子がセルジというといかにもカタルーニャ人らしい名になっていることに注目したいのだ。語り手の宇宙人が理解した事柄とは裏腹に、店主はこうしてスペイン社会に着実に馴染んでいこうとしていることがうかがわれる。世代を経るごとに現地に馴染んで行く移民の姿が、ここに凝縮された形で現れている。

小説内の他の場所でも触れられているが、バルセローナには多くの移民がいる。その点でヨーロッパの他の大都市と同じだ。先ごろ『バードマン――あるいは（無知がもたらす予期せぬ奇跡）』（アメリカ、二〇一四）でアカデミー賞作品賞や監督賞を受賞したメキシコ人映画監督アレハンドロ・ゴンサレス＝イニャリトゥには、『BIUTIFUL ビューティフル』（スペイン、メキシコ、二〇一〇）というバルセローナの貧困層を扱った映画がある。ハビエル・バルデム演じる主人公が移民、とりわけ中国人移民たちの裏の社会に入り込んでいく話だ。小説のこのシーンとは対照的なこうした作品も参照して、バルセローナの移民たちに思いを馳せてみるのも一興だ。

ところで、この中華料理店主の末子は、セルジといういかにもカタルーニャ人らしい名なのだった。ということは、店主はスペイン語を解するのではとの疑問も湧いてくる。スペイン語を理解するのなら、そこがサン・フランシスコではなくバルセローナであることにいい加減気づいているはずだ。そもそも「私」（宇宙人）の説明はまったくの的外れなのではないか？ 果たしてふたりは正しく理解し合っているのだろうか？ 何語で会話を交わしたのだろうか？ そんなことも考えないではいられない。

小説は必ず何語かで書かれなければならない言語活動だ。言語が異なれば世界の捉え方も異なる。多言語国家（スペインは四言語を公用語とする多言語国家だ）、多言語都市（バルセローナの様々な標示板にはカタルーニャ語とスペイン語が併記されている）にはあるひとつの言語では捉えきれない現実が存在する。ただひとつの言語で書かれる小説が、そうした多言語による多元的な社会を描こうとするとき、使われている言語の限界に突き当たることがある。そこで小説が破綻するとか、できが悪くなるとかいうことではない。小説とはそういうものなのだ。読者は、この場所で立ち止まって考えることになる。それが小説を読む楽しみのひとつ。そうした場を与えている『グルブ消息不明』は面白い小説だ。

蛇足のようにメンドサが来日時に語ったことで、「著者覚え書き」にも書かれていないことをひとつだけ挙げておこう。作家が『グルブ消息不明』を書いたのはコンピュータ導入後間もないころで、ワープロソフトを使えば同じ文章や語句が簡単に反復できるものだから、そうした機能を使って遊び感覚で書いたというのだ。「私」が同じ過ちを何度も繰り返したりするのは、この新たなテクノロジーの導入によるものだ。何よりも表題の句〝Sin noticias de Gurb〟が一番多く反復されているのは、言うまでもない。反復は詩の構造の基本だ。こうしてリズムを作るのだ。新たなテクノロジーによって支えられた詩学を体現しているのが『グルブ消息不明』だとも言えそうだ。

とはいいながら、タイトルとしては『グルブ消息不明』と訳した反復される句〝Sin noticias de Gurb〟を、本文では、文脈に合わせて訳し分けている。タイトルとしては『グルブ消息不明』は簡にして要を得ており、いいのだが、報告文の体裁を取る本文では、他の部分に馴染まないと判断してのことだ。

本書についての紹介文をTEN－BOOKS編『いま、世界で読まれている105冊』（テン・ブックス、二〇一三）という本に掲載した。この中からできるだけ多くの本が翻訳されるといい、というのが編集に当たられた田中里枝さんの望みだった。その紹介文を読んで本書に興味を抱いてくださったのが、今回編集を担当された津田啓行さんだ。地図やマルタ・サンチェスらの写真を掲載して読者の理解を助けるなどのアイディアで本書をより魅力的なものにしてくださった。それらの資料の入手については、中曽根由香さんにお世話になった。その他いろいろと教えを仰いだ方々に感謝する。

柳原孝敦

［著者について］

エドゥアルド・メンドサ

一九四三年、スペイン、バルセローナ生まれ。一九七五年『サボルタ事件の真相』で作家デビュー。作品は好評を博し、映画化もされた（アントニオ・ドローベ監督、日本未公開）。一九七九年『地下納骨堂の幽霊の謎』で「名もなき探偵のシリーズ」が始まる。探偵小説のパロディであるこのシリーズは、現在まで四作発表されている。一九八六年刊行の『奇蹟の都市』はヨーロッパ全土でヒットし、邦訳も存在する（国書刊行会）。一九九〇年、スペインを代表する日刊紙『エル・パイス』に連載された『グルブ消息不明』は特に若い世代に読まれ、メンドサの文名を確固たるものにした。

［訳者について］

柳原孝敦（やなぎはらたかあつ）

一九六三年、鹿児島県奄美市出身。東京大学大学院人文社会系研究科准教授。博士（文学）。著書に『ラテンアメリカ主義のレトリック』（エディマン／新宿書房）など。訳書にアレホ・カルペンティエール『春の祭典』（国書刊行会）、ロベルト・ボラーニョ『野生の探偵たち』（共訳、白水社）、セサル・アイラ『わたしの物語』（松籟社）など。

はじめて出逢う世界のおはなし
グルブ消息不明
2015年7月10日　第1刷発行
著者
エドゥアルド・メンドサ
訳者
柳原孝敦
発行者
田邊紀美恵
発行所
東宣出版
東京都千代田区九段北1－7－8　郵便番号102－0073
電話（03）3263－0997
編集
有限会社鴨南カンパニ
印刷所
亜細亜印刷株式会社

ISBN978－4－88588－085－8　C0097

la Mola
1103
VALLÈS
Castellar del Vallès
Matadepera
Caldes de Montbui
la Sagrera
Santa Eulàlia de Ronçana
Canovelles
Sentmenat
Lliçà d'Amunt
Lliçà de Vall
Palau-solità i Plegamans
Sabadell
Parets del Vallès
Polinyà
Montmeló
Santa Perpètua de Mogoda
Mollet del Vallès
Montornès del Vallès
Sant Quirze del Vallès
Martorelles
Barberà del Vallès
la Llagosta
Santa Maria de Martorelles
Badia del Vallès
Ripollet
Sant Fost de Campsentelles
Rubí
Cerdanyola del Vallès
Tiana
Alella
Montcada (Montcada i Reixac)
Sant Jeroni de la Murtra
サルダニョーラ
del Vallès
Santa Coloma de Gr
Badalona
el Papiol
el Tibidabo
512
Sant Adrià de B
Pallejà
Molins de Rei
Sant Feliu de Llobregat
バルセローナ市街地
BARCELONA
St. Just Desvern
St. Joan Despí
Cervelló
Esplugues de Ll.
Cornellà
l'Hospitalet de Ll.
サン・ジョアン・デスピ
Sant Boi de Llobregat
Llobregat
el Prat de Llobregat
Viladecans
Gavà
Aeroport de Barcelona
5 km